宵物語
ヨイモノガタリ

西尾維新
NISIOISIN

BOOK & BOX ORIGINAL DESIGN by VEIA

第二話 真宵・蝸牛

BOOK&BOX DESIGN
VEIA

ILLUSTRATION
VOFAN

第三話　真宵・蛇

第二話 真宵・蝸牛

OSHINO SHINOBU

001

如果想見八九寺真宵，就必須下定決心攀登險峻的山峰。雖然標高數字沒什麼大不了，但是山路如同焚身的白蛇般蜿蜒，每分每秒重挫登山客的心。

蛇行的獸徑。

不，應該說是蝸牛的渦狀螺旋路。

沿著沒有導覽板或休息所的惡劣山路爬到盡頭，肯定會看見不知何時重新建造，全新到格格不入的鳥居，鳥居後方的北白蛇神社正是她的家。

只不過，即使好不容易抵達這個家，八九寺真宵也不一定會出面迎接。

她是喜歡外出的小學五年級女生，放空神社的次數也不算少……這種時候只能耐心等待。當然，下山漫無目標找遍全鎮也是一個方法，不過就算這麼做，大概也只會精疲力盡做結吧。

無論如何，即使成功遇見，也不一定能以肉眼看見這名十歲少女的身影。因為說來惶恐又敬畏，八九寺真宵是這座神社供奉的神明。

是迷牛的怪異。

是少女的幽靈。

是嶄新的神明。

換句話說，即使看不見也要相信她位於該處，一心一意獻上自己的祈禱，這可說是比較聰明的做法。不過如果像是愚蠢的我這樣，抱持愚蠢的念頭堅持想看她一眼，想見她一面的話，有一個非常簡單，無比簡單的方法可行。

不指定哪條路。

在任何一條路迷路就好。

因為，她是迷路的神明。

002

「我只在這裡說個祕密吧。」

有史以來，以這句開場白開始的對話，從來都不曾真正成為「只在這裡說的祕密」。在現代的世間更不用說，即使是自言自語，只要稍微對某人說出口，一下子就膾炙全世界的人口。雖然我不知道「膾炙」這個詞的意思，（拿膾來炙？什麼鬼？）不過這個詞的意思肯定也會在我這麼說的時候，一下子就膾炙全世界的人口。

我敢打賭，聽到「只在這裡說的祕密」這句話的時候，基本上可以認定自己是聽到這個祕密的第一百人。以我的狀況，我會認為自己是全人類最後一個聽到這個祕密的人，是第七十五億人。

只在這裡說的祕密。

所以，在我母校私立直江津高中就讀三年級的花漾女高中生——日傘星雨說出這句話的時候，我也滿腦子這麼認為。哎呀哎呀，看來無人不知的傳聞終於傳到我這裡了。

傳聞——或者是怪異奇譚。

都市傳說。

街談巷說。

道聽途說。

也可能是熱門的演藝圈八卦。

無論如何，她直到剛才都在聊自己所屬的直江津高中榮耀女籃社，關於該社團錯綜複雜的各種話題聊到有點聊不下去了，所以我贊成在這時候中場休息。

中場休息時間的驚爆新聞。

順帶一提，若問「只在這裡說的祕密」的「這裡」是「哪裡」，答案是我這個曲直瀨大學數學系一年級學生——阿良良木曆自家的自用房間。

或許該說她不愧是那個神原駿河的最好朋友吧。

「這就是赫赫有名阿良良木學長的迷人床鋪！久仰大名！」

日傘說完無視於我準備的坐墊，撲向我那張聽說很迷人的床鋪。她跳上床的姿勢非常漂亮，我還以為床墊的彈簧會被她壓壞，也想懷疑她可能不是籃球社社員而是游泳社社員。

「您在高中時代就是用這張床攻陷許多女生吧！我聽過您的輝煌情史喔！」

關於我的「只在這裡說的祕密」，不知道她從那位超級明星的朋友口中聽過多少……基於「制服會皺掉」以外的原因，我希望她別在我床上打滾。

希望她立刻停止。

「哎呀～～失禮了。我壓抑不住衝動。我是躺在別人床上會睡得比較熟的類型。」

「這種傢伙很糟糕吧？居然說『類型』，會歸在這一類的只有妳。給我立刻回家。不對，給我立刻去醫院，我陪妳去。」

「居然願意陪我去，學長人真好耶～～您在高中時代就是用這種手法攻陷許多女生吧！攻陷許多女生，女高中生！」

「不准講得好像很下流。我在男高中生時代不曾攻陷過女高中生，至今也沒攻陷過。我總是屬於被攻陷的那一邊。」

「真敢說耶！」

她就這麼繼續起鬨，但我可沒完全講明。雖說被攻陷，但我墜入的並不是情網，而是地獄。

除此之外，還有一個女高中生在階梯打滑，從天而降……不過，我邀請日傘來到我家，可不是為了以這種回憶錄舉辦回顧展。

我也沒邀請她。是她不請自來。

她基於獨自的判斷，在自己方便的時間來訪。

……這傢伙或許是認識之後最快進入我私人領域的女生。

也就是籃球術語的「快攻」吧。

即使是我有幸從高中時代交往至今的女友戰場原黑儀，也沒這麼輕易踏進阿良良木家的家門……那傢伙實際上過了快半年才第一次進入這個房間吧？

這就是世代差異……不對，我自認不是老古板，不會要求女性抱持什麼貞節觀念。

而且日傘和神原同屆又同班，所以只和我差一歲……再怎麼搞錯也不會差了六百歲。

為了維護學妹的名譽容我補充一下，日傘並不是毫無原因跑來學長家。即使日傘撲到床上確實是毫無原因（女高中生撲到已經不是男高中生的我床上，這個行為如果是基於某些原因就糟了），但她來我家的原因也如前面所述，是因為母校女籃社先前那個嚴重案件，她至今依然放不下。

錯綜複雜的話題。

雖說是學長學妹的關係，但我就讀高中的時候，和日傘這種開朗陽光又充滿活力，內心更是沒懷抱任何黑暗的女生完全搭不上邊，所以我是不久之前才認識她。換句話說，這也是如前面所述，幾天前才交換手機號碼的這傢伙，現在正在我的床上打滾。

「日傘學妹，我話先說在前面，那張床上頂多只曾經有個女國中生穿著燈籠褲，赤裸上半身用雙手遮住胸部而已啊？」

「這樣不就一千億分糟糕了嗎……？」

位數過多，我甚至沒想到她原本要說的是「十分糟糕」，我說出來的事實好像就是這麼震撼，陽光女孩日傘的表情瞬間蒙上陰影。嗯，我說完之後也覺得這樣不太對。

決死、必死、萬死之吸血鬼——迪斯托比亞・威爾圖奧佐・殊殺尊主在這座城鎮引發的「木乃伊事件」，在專家臥煙伊豆湖的暗中活躍之下（真的是「暗中活躍」），看起來似乎告一段落，但是遺留下來的禍根，以及原本就根深柢固的主因，並沒有一起解決得乾乾淨淨。

神原駿河與日傘星雨，直江津高中女籃社以往是以這兩大巨頭的領袖氣質維持均衡，現在卻崩壞，自毀，遭到解體與解剖而出現問題。就某種程度來說，面對這種現實比面對傳說之吸血鬼更讓人內心沉重。

不過既然已經知道，就不能假裝不知道。我不是會假惺惺說出「我不是無所不知，只是剛好知道而已」這種話的角色，但是身為參與事件的一分子，我已經決定要盡力解決問題。

以一個人的身分盡力。

以一個前吸血鬼的身分盡力。

……總之，我接受臥煙的邀請，搜查「木乃伊事件」的過程中，曾經請日傘偷偷提供一份寫滿美麗女高中生各種美麗個人情報的禁忌名冊，所以就某方面來說，我欠了她一份可能會撼動我人生的人情。

女子籃球社全體社員的私人情報，我可不是故意想知道的……總之，今天就是為了討論這方面的細節，日傘才會專程前來阿良良木家。

擅自前來。

其實聽說神原也會來，她卻臨時爽約。我個人希望那傢伙專心準備考大學，不過看來她依然是個大忙人。

但願她不是去找小扇玩……不，可是，實際上很難說。

現在的我，該不會像是因為無法融入就讀的大學，所以老是和母校的學妹玩在一起吧。然而這可不是玩樂，而是嚴肅到真的可能出人命的事情。

不過，從最高年級變回一年級的反差，我確實還沒完全調適……比起神原的人際關係或是女子籃球社的未來，或許我應該先重新審視自己的人生。

總之，為了告訴自己「阿良良木曆其實也正在享受大學生活」，我寄了一封電子郵件給我在大學新認識的朋友食飼命日子。

如果運氣好，她應該會在這個月看見這封郵件吧……回到正題。

「所以日傘學妹，『只在這裡說的祕密』是什麼？」

「嗯，我只在這裡說個祕密吧……不過這個房間的保全沒問題嗎？牆壁有沒有被人安裝竊聽器之類的？」

「我又不是被國家監視的間諜。」

我不敢這麼斷言就是了。

即使牆壁沒安裝竊聽器之類的，我的影子也躲著一個金髮金眼的幼女，隔壁房間也坐鎮著一具偽裝成布偶的屍體。她們兩個都是致力於囉唆計較我一舉一動的觀察者。

一舉一動。輕舉妄動。

不過，應該無妨吧。

在這個時間（假日的白天），金髮金眼的幼女應該睡得正香甜，屍體人偶應該出門忙碌了，而且反正肯定是全人類都知道的祕密，所以不必太注意保密。

聽完女高中生天南地北的閒聊之後，我也得繼續傳播出去才行。所以，現在正在流行什麼樣的甜點？

「我只在這裡說個祕密吧──我朋友的小學五年級妹妹被誘拐了。」

003

這個祕密也太只限於在這裡說了吧！

應該是管制媒體報導的祕密吧！

絕對不應該在這裡說吧！

即使我發動像是三段突刺的吐槽，日傘也絲毫沒有愧疚的樣子。三段突刺不夠力嗎？應該拿吐槽霰彈槍朝她掃射嗎？

不，實際上，如果我有狩獵執照，我真想不顧一切拿起真正的霰彈槍掃射。

誘拐？小學五年級？

她說的小學五年級，是小學五年級的意思嗎？

拜託，希望只是「小額紙鈔」的口誤。

如果是搶劫案件（而且是小額搶劫），我還有能力處理。

居然把這種重大案件帶進我的私人領域……她扔了一顆大炸彈給我。

「啊，我剛才說朋友，正確來說是我朋友的朋友。」

日傘修正了這個細節。

這不是重點。

朋友的朋友……這在都市傳說是常套句。

「不過像是這種事，乾脆直接說是我朋友比較有說服力耶。而且對我來說，『朋友的朋友』已經算是我的朋友了。」

她的感性真令我羨慕。

乾脆比「朋友的朋友」更遠一點，說成「幻想中的朋友」該有多好。

母校的學妹升上高三都還在和幻想中的朋友嬉戲……如果是這種程度，我還勉強可以寬容接受。比起小學五年級女生被誘拐好太多了。

「我對任何人提到阿良良木學長的時候，不會說您是我朋友的學長，而是直接說您是我朋友。這是同樣的道理。」

「拜託可以停留在『朋友的學長』這個階段嗎……我和妳之間的關係，我覺得最好再稍微觀望一下……」

別說當成準班底，不能想辦法讓這傢伙成為只在上一集登場的配角嗎？

肯定有方法可行。

「來不及了喔。阿良良木學長的床已經留下一堆我的毛髮，足以證明我們是朋友。」

「這應該是證明我們已經不是朋友了吧？妳大概是覺得有趣才這麼做，不過日傘學妹，最好不要太常做這種引人誤解的事喔。」

「哎呀，居然講得這麼正人君子，真不像是阿良良木學長。您的諸多情史在哭泣喔。」

「別把我說成花名在外，高中時代的我別說花名，連好聽的綽號都沒有。」

「不過，我會感恩聽從您的勸告。這是我的老毛病。我喜歡聰明的男生，考試成績全學年第一的男生，我都會想盡辦法接近，不過我這種態度好像會造成某些誤會，全學年第一的男生沒多久就不再是全學年第一了。」

這是魔性。

我真的很慶幸當年的成績不是全學年第一……

「不是第一名就沒用了，所以我會去討好下一個第一名。」

到處留下情史的應該是妳吧？

別攻陷諸多男生的心與成績好嗎？

他們死都不會瞑目喔。

「日傘學妹，妳可以現在離開我房間嗎？」

「好過分！阿良良木學長要拋棄小學五年級的學生嗎？」

如果是直江津高中女子籃球社，我就不會拋棄，但妳拿一個突然登場的小學五年級學生來威脅我也沒用吧……

總之，日傘的罪孽究竟多麼深重，就讓她在臨死之前後悔吧……既然已經知道這件事，我就不能假裝不知道。

誘拐事件。

只在這裡說的這個祕密，我就繼續聽下去吧。

這是現在進行式的話題嗎？是這座城鎮正在發生的事嗎？

「是正在發生的事情喔，是超火熱的新聞喔。雖說火熱，卻得保密就是了。一旦報警，那個女生可能會被殺掉。」

「我爸媽的職業，妳沒聽神原說過嗎？」

「對了對了，說到火熱，我真的很適合穿熱褲喔。基於和河河不同的意義，我對自己的腿有自信。所以我的版權圖請千萬別畫制服版本，要畫我的熱褲便服造型，這是我發自內心的請求。」

「居然提到版權圖……」

這女生也想跨足動畫版嗎？充滿幹勁想上動畫雜誌的封面吧？

而且她居然在這個時間點離題這麼遠。只在這裡說的祕密怎麼了？火熱的新聞怎麼了？

「抱歉，我離題了。對了對了，說到離題，我非常擅長下腰動作，雖然綜合的柔軟度比不上河河，但我下腰動作比她還漂亮。請看我漂亮的下腰曲線！」

「別在我床上做下腰動作好嗎？」

「為什麼日文要叫做蝦式弓身呢？我覺得這動作和蝦子彎曲的方向相反吧？這是鄰鎮發生的事。」

「妳說蝦子？」

「我說誘拐。」

啊啊，誘拐啊。

還以為她在聊名產，我都已經要準備炸什錦了。

鄰鎮……也就是說，地點也不算近。

這附近不是那麼大規模的都市，所以「鎮」的範圍很廣……「鄰鎮」的範圍當然也更廣。

不過，我也有一些不好的預感。

也不到預感的程度，只是有一點點像是符合的感覺……最近在大學，我陪命日子挑戰解讀暗號的機會也很多（看吧，我並不是只會在學妹面前擺架子），所以習慣無意義地從少許的關係或是些微的關聯性找出意義。

小學五年級。

鄰鎮。

誘拐——也就是失蹤。

「難道不是迷路嗎？普通的迷路。只因為超過門禁時間短短幾個小時，溺愛孩子的父母就大呼小叫說是被抓走之類的……」

「即使只有幾小時，也可能是十分嚴重的事吧？在夏威夷州，光是讓十二歲以下的孩童落單數小時就構成犯罪。」

誰在跟妳聊夏威夷州的事？

鄰鎮的距離沒那麼遠。「只在這裡說的祕密」整個變得國際化了。

不過，規定父母必須隨時緊盯孩子的這項法律，我身為擁有投票權的公民，基本上也是贊成的。

「像我也總是緊盯著幼女的動向。」

「這兩者的意義不一樣吧……？緊盯著幼女不放反而是犯罪喔。」

日傘疑惑說完，接續剛才的話題。「很難說，我認為不是迷路。」

不過以我的狀況，我這句話的意思本來就不一樣……躲在我影子呼呼大睡的金髮金眼幼女，只要我一個不注意，就不知道她會在哪裡做出什麼事。

不過任何幼女在這方面都一樣吧。

任何幼女——任何小學五年級學生都一樣。

「說起來，阿良良木學長剛才的發言，包含了三個錯誤。」

「居然說出像是名偵探的臺詞……」

妳想霸占這個系列的主導權嗎？

想以熱褲造型成為主角嗎？

「首先，小學五年級學生失蹤的期間不是數小時，是數天。」

「既然這部分是錯的，另外兩個錯誤就不必說了吧？」

「第二個錯誤是……」

日傘無視於我的投降宣言說下去……看來她喜歡挑出別人的錯誤。

很適合擔任名偵探。

「那孩子家裡沒有門禁。」

「是喔，所以是一個與時俱進的家庭嗎？不把孩子當成自己的分身管理，而是視為獨立的個體，重視孩子的自主性是吧。」

「第三個錯誤，因此父母沒有溺愛。還有第四個，他們沒有大呼小叫。」

包含在我先前發言的錯誤，不知何時從三個增為四個。這件事本身彷彿象徵我的人生（我的錯誤以等比級數不斷增加，是稀鬆平常的事），但是我不能忽略第四個錯誤。

沒有大呼小叫？

「那麼……那一家父母在做什麼？」

「沒特別做什麼……總之內心挺混亂的吧，不知如何是好。」

「……咦？」

啊啊，原來如此。是因為綁架犯打電話過來（還是說，這個時代是以社群軟體傳簡訊？）威脅說要是報警就等著為女兒收屍，或是必須對所有人保密，表面上要過著一如往常的生活？

不是什麼都不做，是什麼都不能做。

是這麼回事嗎？

「不，好像沒有這種具體的接觸。但是不必聽任何人說，他們也覺得報警不太好的樣子。我想想，該從何說起呢……」

日傘此時露出苦惱的表情（她一直維持下腰姿勢，所以可以說是掛著苦惱表情擺出令人苦惱的姿勢）。

「咦？這件事可以說出來嗎？」

她納悶地說。

當然不可以吧？

「慘了～～我覺得好像和阿良良木學長打成一片，所以一五一十全說了。學長真擅長讓人敞開心胸耶～～不愧是刑警的兒子！獵豔高手的曆！」

「我可沒傳出這種別名。」

而且我的爸媽雖然是警察，卻不是刑警……總之，此時爭論這種職位上的差異也沒用。

這個得意忘形的傢伙，更正，這個日傘學妹事到如今才察覺自己漏了口風。還以為她會就此閉口。

「不得已了。一不做二不休，吃到毒就連盤子也一起吃掉，要吐毒就連盤子也一起吐出來吧。」

看來她反而要將「只在這裡說的祕密」說清楚。但我希望她不要吐毒。

口吐毒言是我那個兒時玩伴的職責。

我不希望日傘成為那種有毒生物。

如果日傘在這個時間點停止說出「只在這裡說的祕密」，就某方面來說是在所難免，我也沒要以強硬手段（真的是運用獵豔技巧，也就是眼淚攻勢）問個清楚……畢竟這個案件包含高度敏感的要素……不過既然她願意繼續說下去，我也不想刻意主動阻止。

這應該是基於好奇心，也是基於湊熱鬧的個性。無論如何，我已經涉入了。

我已經涉入這個事件了。

「相對的，阿良良木學長，請連同我的份一起保密喔。只要學長願意保密，晚點我再用電子郵件傳我的性感照片當獎賞。」

「妳沒接受過數位素養的教育嗎？」

「剛才說到哪裡？」

「妳是傻瓜的這件事，我已經聽過了。」

或許是超越神原的傻瓜。

我在大學生活也深刻體會到，世界上真的有形形色色的傢伙，只是我不知道罷了。

「對了對了，聰明的我想起來了。我剛才說到『該從何說起』。以劇本來說是第一七五頁。」

「妳說的這些話是有劇本的？」

還以為她在苦惱要以何種方式說起，沒想到是按照劇本說的臺詞……而且是第一七五頁？

已經算是相當進入佳境了吧？

「而且日傘，我還完全沒掌握任何線索，連被誘拐的小學五年級女生叫什麼名字都不知道啊？」

「她叫做紅口孔雀。」

看來沒要將名字保密。

日傘居然說出全名。

還以為她顧慮到隱私，故意不說女孩的名字……還是說這是假名？可是「紅口孔雀」這種名字，不可能是臨時想到的假名……我當然沒聽過這個名字。

雖說是「朋友的朋友的妹妹」，但我覺得實際上或許是女子籃球社社員的妹妹，只是依照我的記憶，上次她拿給我看的那本名冊，肯定沒有姓「紅口」的學生。

「阿良良木學長應該沒資格說這個名字很特別，不過記成『紅孔雀』比較好記喔。」

「這種記法太好記，我反倒可能再也記不得她的全名……」

「不過請容我說一下，不愧是阿良良木學長。您的直覺很敏銳。我們女子籃球社確實沒有姓『紅口』的社員，不過『朋友的朋友』的前一階段——這個『朋友』是籃球員，曾經是女子籃球社的社員。和我與河河同屆的三年級。也就是上次介紹給您的校友會成員喔。」

日傘說。

004

回想當時，我透過神原進入剛認識的日傘自家（而且是在晚上造訪，不只如此，還參加了睡衣派對），所以即使她單獨進入剛認識不久的大學生房間，我也不該對她的貞節觀念提出意見——即使當時真的是緊急狀況。

總之，說到直江津高中女子籃球社校友會的成員，我印象深刻……深刻到好想忘記。既然是能和超級明星神原不相上下的黃金世代，成員們當然各有特色。

畢竟她們帶領私立升學學校的弱小運動社團打進全國大賽……但是這份偉業的代價如今成為不良債權繼承給現在的世代，這個世界的運作真是不盡如人意。

這也是一種命運吧。

也可以說是風水輪流轉吧。

那麼，如同我即使已經成為大學生也沒能完全脫離高中時代，神原、日傘以及校友會成員或許也基於這個心態，在退休後也依然像這樣繼續涉入社團活動。

「記得水戶乃兒嗎？水戶乃兒的國中朋友姓紅口，這個朋友的妹妹就是紅口孔雀……不過說得更詳細一點，水戶乃兒的這個朋友好像是前輩。」

人際關係拉得更遠了。

所以更正確來說，紅口孔雀不是「朋友的朋友的妹妹」，是「朋友的前輩的妹妹」。原本覺得自己周遭怎麼可能發生誘拐少女這種重大案件，不過既然範圍擴展到這麼大，或許就可能發生吧。

五環理論。經過五人的連結，甚至可以連結到一國總統的那個理論。

對我來說，紅口孔雀是「學妹的好友的隊友的前輩的妹妹」。

剛好連結五人。

即使出現誘拐受害者，也沒什麼不可思議的。

至少沒吸血鬼那麼不可思議。

……這五環只要多連結一環，就可以連結到誘拐犯是吧。

嗯，引人深思。

「那個……妳說的水戶乃兒是誰？」

「哎呀，您忘了水戶乃兒嗎？明明看過水戶乃兒那麼不堪入目的模樣？」

「居然說不堪入目，妳說的是睡衣吧？不准用這種引人誤會的形容方式。因為可能有人是從這一集開始入門。」

「有這種人嗎……？」

「現在打開這一頁的人，只會覺得一頭霧水吧？」

「就算您用綜藝節目常出現的這種說法也沒用……就算您說得像是『現在轉到這一臺的人，只會覺得一頭霧水吧』也沒用，水戶乃兒就是水戶乃兒喔。不過如同只有我會將河河稱為河河，將水戶乃兒稱為水戶乃兒的人也只有我。」

那就不可能聽得懂吧？

拜託別幫我取綽號啊。我可不想被傳出更多奇怪的別名。

像是曆曆之類的。

也有人叫我良木。

「依照您的要求回答吧，水戶兒的全名是……」

「妳擅自取的綽號怎麼變成水戶兒了？『乃』去了哪裡？」

「水戶兒的全名是樟腦水戶乃。」

看來她不改口。不過水戶兒聽起來也很像綽號就是了。

啊啊，樟腦水戶乃。

我想起來了。是穿短褂的女生。

「您果然是用睡衣記人吧……您果然記得短褂寬鬆衣袖縫線開口露出的腋下吧？」

「我不記得這麼細部的東西。」

雖然這麼說，但我可不能認錯人（我的記性差到在交際圈內廣為人知。動不動就忘記別人的事……我對此無法否定），所以試著回憶。

睡衣派對開頭的自我介紹時間……回想起來，那天晚上穿得不堪入目的人，真要說的話應該是我吧？

對了對了，是這樣。

「短褂的樟腦水戶乃！四月九日出生，十八歲！身高一七〇公分，位置是控球後衛，喜歡的打法是包夾！」

就是這種感覺……她是比我還高很多的女生。不過既然是籃球員，無論如何都有這種傾向吧。

順帶一提，日傘的身高是一六五公分。感覺和我差不多高。

睡衣是長袖T恤。

「學長也把我的睡衣記得很清楚嘛。剛才我炫耀美腿的時候，明明裝作興趣缺缺的樣子。不過在那個時候，我的長袖T恤底下沒穿熱褲喔！」

「別再說妳的美腿話題，回到水戶乃兒的話題好嗎？」

也不是水戶乃兒的話題。

是水戶乃兒的前輩的妹妹的話題。

「雖說是妹妹，但好像是繼妹……這部分的人際關係不太確定。因為我也是聽人說的，是『只在這裡說的祕密』。」

也是啦。

五環的關係性有其複雜之處，而且也容易像是傳話遊戲般以訛傳訛。

繼妹啊……

我也有妹妹（大隻妹與小隻妹——說到大隻妹，她是巨大到如同籃球社社員的高一生。先前提到的屍體人形布偶是小隻妹的持有物），不過兄弟姊妹的關係應該是因家庭而異，如果是繼妹，感覺會更加不同吧。

老實說，我無法想像。

「如果我那兩個妹妹是繼妹……我並不是沒這麼想過。畢竟如果是繼妹，我就可以和她們結婚了。」

「依照日本的刑法，應該不可以吧？」

我會被刑法制裁嗎？

「錯了，可以。民法七百三十四條。我確實查過了。」

「學長居然確實查過？我不敢領教。」

「不能結婚的對象是繼母。」

「我不敢領教的程度沒有極限。」

此時日傘回到正題。

「然後，紅孔雀小妹是父親再婚對象的女兒。雙方都是再婚吧。水戶乃兒的那位前輩，哎，即使不到論及婚嫁的程度，不過好像還是和紅孔雀小妹維持適當的距離感和睦相處。」

「等一下。由於話題是從女子籃球社開始的，所以我不知不覺暗自認定，不過水戶乃兒的……」

我一直稱呼「水戶乃兒」，感覺也怪怪的……我沒有任何能夠像這樣以綽號稱呼的對象。

「水戶乃學妹的……」

這也很怪。感覺在裝熟。

莫名裝熟。

「樟腦學妹的國中時代前輩，我就這麼斷定是女生，但是不一定吧？這位前輩，也就是和紅孔雀小妹沒有血緣關係的這個親人，是男生還是女生？」

進一步來說，我也還沒確認這個人以年齡來說是否可以稱為男生或女生。國中時代的前輩，即使在這個時間點已經成年也不奇怪。

因為位於五環的中層，所以至今總是沒注意這個前輩，不過回想起來，既然妹妹被罪犯誘拐，這位前輩算是相當重要的人物……

「是女生喔。雖然不敢斷言，但是應該和阿良良木學長差不多年紀吧。或許大一歲，現在是十九歲的大學生……不好意思，我不知道。可能已經出社會，可能正在海外旅行，也可能死了。」

「如果死了，父母應該會大呼小叫吧？」

姊姊死掉，妹妹又被誘拐。

不對，所以才沒有大呼小叫嗎？

我真的有個朋友在高中畢業之後前往海外旅行，所以我很難將日傘這段話當成普通的玩笑話帶過。

羽川翼。那傢伙的家庭也複雜至極，亂七八糟，難分難解，乾燥龜裂——總歸來說，像是羽川年紀還小的時候，即使忽然下落不明，那個家庭肯定也絲毫不會「大呼小叫」。

家庭？

不對。那裡不是家，更不是庭。

我不認為紅口家和那裡一樣，也不想這麼認為。不過即使是再婚或繼妹，如果誤以為其中隱藏某種戲劇化的成分，那就是連續劇看太多了。因為大部分的家庭都是不知不覺維持得很順利。

我的阿良良木家是這樣，真要說的話，戰場原家也是這樣。

八九寺家——不知道是怎樣。

「…………」

那個「迷路孩子」的家庭，記得不是再婚，是離婚……然後是父方取得撫養權……嗯。

也有人認為問題出在「不知不覺維持得很順利」，若要更深入探討，也可以說「也有人在同樣的環境過得很好」或是「也有人的立場更加艱苦」，這種說法確實中肯，無疑是一種正義，而且凶惡程度其實和誘拐差不多。這是我所學到的道理。

在前一陣子——在這一陣子學到的道理。

迪斯托比亞・威爾圖奧佐・殊殺尊主所引發的「木乃伊事件」——真要說的話，這名吸血鬼的再訪可說是我所經歷那個地獄般春假的再訪，但是迎來的結局和那年春假完全不同。

即使一樣如同地獄，也只是不同的地獄。

不是處於同樣的環境，也沒站在艱苦的立場。

當事人即使以那些話語當成努力的藉口，也不該受到周圍的責備。

無論紅口家發生什麼事，都是紅口家自己的問題。

是不被當成通例，「只在這裡說的祕密」。旁人不應該插嘴。

我抱持這種主張，卻沒阻止日傘揭露他人的祕密，可見我的修行還不夠。

「總之我認為應該活著喔。因為人類不會這麼輕易死掉。」

「說得也是。人們都像是擁有不死之身。」

「不過，無論升學還是就業，或者是外出旅行，前輩應該肯定已經離開那個家了——水戶乃兒是這麼說的。前輩總是把『最多只依靠父母到十八歲』這句話掛在嘴邊。」

「真是了不起。」

如各位所見一直住在家裡的我，不得不這麼說。沒有啦，我也打算在不久的將來獨立，但是房子一直沒找到就拖到現在。

「這樣不是很好嗎？阿良良木學長也自己出來住吧。這樣可以盡情帶女高中生回家喔。」

「至少帶女大學生回家好嗎？不過實際上，我每天總是往女大學生的房間跑就是了……」

「這是哪門子的例行公事？」

我只是經常去兒時玩伴獨居的公寓打掃……順帶一提，我的女友戰場原黑儀住在女生宿舍。

這部分晚點再說。我記得的話。

「又是打掃河河的房間，又是打掃兒時玩伴的房間，感覺阿良良木學長可以拿這個創業耶。畢竟您剛才也提到想要獨立。」

「我沒要以這種方式獨立創業。」

「沒想過繼承父母的事業開分店嗎？」

「我家沒經營任何老字號喔。我很高興爸媽為我規劃將來，但我有自己的夢想。

雖然感謝他們養育我到現在，但是不好意思，我要選擇和爸媽不同的道路。因為這是我的人生。」

「好的好的，不過啊……」

這傢伙將學長的話語當成耳邊風。

「不過，回到水戶乃兒那位前輩的話題，這好像不是那麼積極樂觀的獨立。『最多只依靠父母到十八歲』這句話，反倒可能是用來鼓舞自己的口頭禪。」

「鼓舞？」

「換句話說，就是『最多忍耐到十八歲唄』這樣。」

「…………」

實際上語尾應該沒加「唄」吧。

原來如此……我逐漸看出端倪了。

「總歸來說，紅口前輩和父母相處的狀況不是很好。如我剛才所說，她和妹妹維持適度的距離感……不過即使是家人，不和的時候就是不和吧。」

我懂。這也不是再婚或沒有血緣關係之類的問題。

像我在高中時代，也曾經滿腦子想離開那個家。

相處的狀況不只是差，而是很差。

甚至可以說爛透了。

　在違背父母期望而落魄的高中生活中，我曾經心想如果能畢業最好，畢業之後要馬上搬出去自己住。

　如今我卻是住在家裡的大學生，人生真的令人猜不透……總之，這就代表我受到上天的眷顧吧。

　眷顧到死掉好幾次的程度。

「不過，應該可以說最後的結果是好的吧？因為這位前輩就這樣撐過國高中時代，最後如願離開那個家。」

「以前輩個人來說，這個結果應該是得償所願吧。姑且算是。不過聽水戶乃兒說，前輩好像沒那麼高興——」

「哎，離開父母這種事，要是表現得過於開心，會讓人覺得太無情吧。」

「不是這個意思。」

　日傘說。

「將繼妹一個人留在父母身邊，那位前輩感到過意不去。就算這麼說，畢竟繼妹才小學五年級，要是一起帶走會成為前輩的負擔。」

　想必如此吧。

　這就某方面來說完全是誘拐案件。在這種場合，沒有血緣的姊妹關係，可能會讓問題變得更複雜。

世間的目光很嚴厲。

不，「世間的目光」這種置身事外的說法沒意義。我內心也有這種偏見。

「就我猜測，紅口前輩——就我看來應該是同輩就是了，她好像和父母處不好，不過妹妹紅孔雀又如何？既然會擔心她一個人留在家裡，那麼果然和家裡處不好嗎？是令人擔心的程度嗎？」

「小學五年級才十歲，即使處不好也幾乎是單方面的吧。還沒進入叛逆期，甚至還沒進入發育期的孩童，不可能有方法對抗父母。」

站在父母的立場，或許會抱持不同意見（比起叛逆期的國高中生，據說小學生難應付得多），不過單純從體力、體格或是語言能力的觀點是這樣沒錯。

「好像沒有家暴之類的虐待，但如果毀壞得這麼明顯，即使是家庭，外力也很容易介入吧。真要說的話，紅口家採取放任主義。」

「放任主義……」

「也可以說是放置主義。不是法治國家的『法治』，是同音的『放置』。不過法治國家也算是放置國民吧！」

即使說得像是挖苦，也沒特別挖苦到什麼……只是在玩同音哏。

先不提籃球，看來日傘不太擅長文字遊戲。

記得她說沒有門禁？

「棄養嗎……紅孔雀小妹該不會曾經睡走廊吧？」

「這是什麼恐怖的經歷？我沒知道這麼多，但如果是這種待遇，紅口前輩終究不會扔下她吧……我不知道就是了。」

原本就是不清不楚，傳了又傳的「別人家」內幕，光憑想像述說也沒用。日傘大概是做出這樣的判斷。

「總而言之，言而總之。」

她像是重整情報般這麼說。

「就這樣，前輩獨立之後，依然擔心獨自留在家裡的妹妹紅孔雀。就在這個時候，發生了這次的事件。」

話題連接起來了。

連接到「只在這裡說的祕密」。

「紅孔雀小妹一直沒有從學校回家。即使過了放學時間，太陽下山，夜幕低垂，早晨再度來臨。」

「…………」

「第二天當然也沒有上學。覺得可疑而聯絡紅口家的班導，就是所謂的第一發現者。」

嗯？我有點混亂。

雖然可能過於謹慎，但我這時候也想整理一下。我在高中時代，經常在碰到稱不上細微矛盾點的少許突兀感時不以為意，等到事後才後悔不已。

我受夠這種後悔了。

「以這個時間順序來看，紅口家就像是直到班導聯絡才察覺出事。」

「的確。只不過是小學五年級的女兒一晚沒回家，好像沒驚動家裡。」

雖說沒有門禁，但如果直到天亮才回家，終究是另當別論吧……

不，我也曾經是相當不按牌理出牌的孩子，在這方面沒資格嘮叨什麼……

剛才我的發言被挑出三、四個錯誤時，我內心確實不舒服，不過現在就覺得這確實是必須逐一訂正的瑕疵——是嚴重的傷口。

「應該說，父母好像沒察覺女兒沒回家。直到班導聯絡家裡，才首度察覺女兒整晚不在家。」

從那天到今天，紅孔雀小妹都沒回家。

日傘如此總結。

直到今天。

沒成為太大的騷動，低調至今。

「……可以問一個問題嗎？」

「請問請問。別說一個，一百個都行。我的工作就是將私人情報洩漏給阿良良木學長。」

「我幾時雇用情報販子了？聽妳這麼說，紅孔雀小妹或許不是被誘拐，甚至不是迷路，而是離家出走吧？姊姊忍耐到十八歲，紅孔雀小妹卻等不及……」

正因為隱約察覺，所以父母才沒有報警吧。之所以沒成為太大的騷動，只是因為不想把事情鬧大。

不無可能。

操之過急讓警方介入，會讓自己不及格的「育兒方式」曝光，為了避免這個結果而沒有報警。這種事雖然不該發生，卻不無可能。

「不，沒這回事，請放心。」

日傘說完補充的情報，確實正面否定我的推測，卻完全無法令我「放心」。

「之所以這麼說，是因為紅孔雀小妹失蹤的第二天晚上，誘拐犯採取了某些行動。」

「咦？可是妳剛才說沒有留言威脅之類的行動……」

「我的意思是沒有『具體』的行動。沒有打電話或寄電子郵件，警告『不准報警』或是要求『什麼時候之前準備幾億圓』之類的行動。抱歉剛才說得不夠清楚。但是犯人真的完全沒說『你們的女兒在我手中』這種話。」

看來確實是我急著下定論，但我懷疑日傘是故意說得不清不楚。雖然來往的時間不長，但我已經知道日傘有這種壞心眼的一面。

不過只以這件事來說，她講得這麼拐彎抹角，並不是試著誤導我當成樂子，單純是她難以啟齒，避免直接說出真相。

是的。

不是「具體」的行動，是「直接」的行動。

伴隨痛楚的訊息。

「第二天晚上，紅口家的信箱裡，被人毫不掩飾地隨手扔進一顆從紅孔雀小妹嘴裡拔出來的門牙。」

005

這天晚上，我來到北白蛇神社境內。因為太陽西沉而醒來蓄勢待發的金髮金眼幼女——吸血鬼的渣滓忍野忍，照例坐在我的肩膀上。

還有一個大概是剛好很閒，平常假扮成小隻妹床上布偶度日的屍體人偶——付喪神斧乃木余接也和我一起來。為什麼？

「原來如此，這樣我就懂了。難怪阿良良木哥哥即使見到我，即使見到我這個可愛化身的小五女生，也沒有發出怪聲抱過來。在討論小五女生被凶惡誘拐的事件時，要是用力抱住小五女生，討論的主軸就會偏離了。」

像這樣朝著我這個訪客頻頻點頭的，是一個小五女生。更正，是神明。

這座北白蛇神社供奉的神明。

八九寺真宵。

如外表所見，她是十歲的少女，真面目卻是十幾年前車禍身亡，類似幽靈的存在。

被稱為迷牛，差點被「闇」吞噬，最後成為蛇的神明。

這樣說明會覺得亂七八糟，不過就是發生過亂七八糟的事。

我實在沒心情詳細說明。

「說得也是。而且要是說明得太詳細就會洩漏劇情了。」

「所以說，妳為什麼覺得很多人是從這一集開始入門的？」

我覺得是少數派吧？

「不過我覺得並不是沒有，所以希望也可以好好介紹我一下。鬼哥哥總是做作說我是『屍體人偶』，不過這時候請一如往常叫我『女童』。」

斧乃木面無表情以平淡語氣要求。她是屍體所以沒有表情，語氣雖然平淡卻高壓。

「說得也是，或許不少人亦誤以為吾是金髮金眼之幼女，即使在少數派之中或許亦不算少。」

「妳本來就是金髮金眼的幼女吧？」

任何人怎麼看都是這樣。

讓幼女坐在肩膀上，和女童一起前往神社，我是夏日慶典的帶隊家長嗎？

雖然是我自己喜歡才這麼做的。

「別因為自己喜歡就這麼做。這樣真的很像誘拐犯。」

斧乃木說。

我向八九寺（以及忍）說明之前，斧乃木好像就掌握別人家裡的狀況，看來白天我和日傘交談的時候，她就在隔壁房間偷聽。

當時我一直以為她不在家……不希望她在的時候總是會在場，這傢伙耳朵真是靈敏。

哎，斧乃木是因為我在高中時代頻頻闖禍，所以被臥煙派來的官方監視員，由此看來她和我同行也在所難免。因為我可能又會闖禍。

直到成為大學生還會闖禍。

「呵呵呵。也就是說，少女與幼女與女童的蘿莉三人組，簡稱『蘿莉組』久違重新組成了。」

八九寺說。

先不提團體名稱，她看起來很高興。

斧乃木面無表情，忍對於這個名稱面有難色，不過對於這些成員本次齊聚，忍好像沒有很抗拒……幼女也意外變得圓融了。雖然身體曲線沒有半點圓滑，個性卻變得圓融了。

「不過，八九寺。不要用蘿莉三人組這個名稱。連副音軌都不會用這種詞了吧？即使不提紅孔雀小妹的事，最近取締也變得有點嚴格了。」

「哎呀哎呀，怎麼變得這麼畏縮啊，蘿莉莉木哥哥？」

「這麼直接的稱呼方式，其實我可能連一次都沒聽過，不過八九寺，不要把我叫成像是蘿莉……蘿莉莉……洛奇梭寧止痛藥那樣，我的姓氏是阿良良木。」

「真的變得很畏縮耶！請不要打斷以往的流程好嗎？蘿莉莉木哥哥完全不像是止痛藥喔，怎麼了，阿良良木哥哥？會狂舔少女眼珠，會用親吻讓幼女閉嘴，會被女童用腳踹的那個阿良良木哥哥去了哪裡？」

應該是去了監獄吧？

不准惡意節錄這些片段。

「但我覺得現在列舉出來的，是鬼哥哥諸多惡行之中比較溫和的……」

「慢著，斧乃木小妹，我那時候被踹，是妳擅自用腳踹吧？用妳的那雙腳。因為穿靴子而悶出香汗的那雙腳。」

「在你說『悶出香汗』的時間點就沒救了……」

不過，說得也是。

像這樣記載諸多惡行的既刊作品，不知道書店願意陳列到什麼時候，所以從這本書入門的人或許意外地不是少數派。

就當作這一集是出道作品，以這樣的心態進行下去吧。

此外，先不提「蘿莉三人組」這種可能會被禁止出版的命名品味，針對小五學生誘拐案件組成的搜查小組，我覺得陣容可說是最強的。

八九寺剛才說「久違」，不過這些成員上次齊聚一堂到底是多久以前了？

先前「木乃伊事件」的時候雖然是團隊合作，我卻覺得她們彼此總是巧妙擦身而過……所以應該要回溯到高中畢業典禮之前，和小扇對決的那一天嗎？

哎，從忍的表情也看得出來，她們三人組的交情也好不到哪裡去……即使如此，也肯定值得依賴。

在他人眼中，現在的光景是一名神祕大學生在四下無人的夜晚神社和孩童玩耍，我對此覺得不太好受，但是得忍著點……

我身邊治安變差的這一點暫且不提。

「這就難說了。不過啊，汝這位大爺。關於汝這位大爺愛助人之習慣，吾這個奴隸如今也不會多加抱怨，但這件事怎麼想都是警察之工作吧？」

忍說。

嘴裡說不會抱怨，但是關於現在被迫做事卻得不到甜甜圈當報酬的狀況，她明顯有所不滿。

「汝這位大爺現在該做的是報警吧？放棄養育義務之父母沒做的事，由汝這位大爺來做吧。」

明明曾經是傳說中的吸血鬼，卻說出非常合情合理的意見。她完全融入現代日本了。

忍吸我血的那個時候，她才是「主人」，所以現在即使自稱「奴隸」，語氣依然跩得不得了，這一點敬請見諒。我個人則是把她當成對等的搭檔來往。

「真正需要的話，我也不惜這麼做，但我認為現在還不是時候。其實我也只是從日傘學妹那裡聽到傳聞，完全沒求證。求證的工作現在才要開始做。由斧乃木小妹來做。」

「由我來做是安怎？」

斧乃木以方言吐槽。面無表情。

哎，想到屍體人偶的「主人」——暴力陰陽師影縫余弦的遣詞用句，斧乃木稍微耳濡目染講起方言也不奇怪。畢竟她好像是特別容易受周圍影響的怪異。

總之，斧乃木是調查的專家，適合進行這種求證工作。

機動力強，應變速度也快。

由於被束縛在影子而同生共死，應該說被迫和我共同行動的忍暫且不提，平常只負責監視我的斧乃木，我原本沒要請她幫忙，不過既然她這次想在這個位置監視我，我就給她一些工作吧。

只要是人手，即使是女童也要拿來用。

「哼。哎，是可以啦。畢竟誘拐十歲女孩，還將女孩牙齒寄給父母的人類，也差不多是妖怪了。」

斧乃木編出這種程度的理由，說服自己在非勤務時間工作。

她說的大致沒錯。以前，這種天理不容的犯罪，可能純粹是怪異現象，誘拐犯也會被當成怪異吧。總歸來說在於如何查明真相。

「相對的，晚點你要好好疼愛我喔。」

「閉嘴。不准說得好像過去發生過這種事。我在高中時代也沒疼愛過妳。」

「所以，我要怎麼做？」

看到監視者與被監視者拌嘴結束，應該說慣例的互動結束之後，八九寺——神明舉手說。

「忍姊姊被影子綁住，斧乃木姊姊是監視員，所以她們和阿良良木哥哥共同行動可說是自然而然的演變，不過阿良良木哥哥在這種三更半夜來到我的神社，應該是基於自發性的主動意志吧？要拜託我這個神什麼事？」

真好溝通。

她這個神或許逐漸當得有模有樣了。外表明明完全沒變，從她和我逛大街出外景那時候至今完全沒變。

明明是十歲的少女。

「阿良良木哥哥，我姑且把話說在前面，最近您經常四捨五入說我是十歲，但我的正確年齡是十一歲喔。就像忍姊姊的正確年齡是五百九十八歲。」

「吾現在是五百九十九歲。應該吧。」

「忍，這部分官方已經設定是十歲了。二十一九寺真宵姊姊唸起來比二十二九寺真宵姊姊順口吧？」

「為什麼要配合那個姊姊？那個角色不在這個世界耶？」

「不，我不是要求神。放心吧，我沒要提出『請以神明威能找出誘拐犯』這種無理的要求，只是想聽聽妳的見解。但我要聽的不是妳身為神明的見解，是妳迷牛時代的見解。」

「迷牛時代的見解？嗯……」

八九寺向我點頭。

這是她聽不懂時的表情。

我收回前言，她還沒適應神明的工作。不，只以這次來說，這樣比較好。因為我需要的是八九寺不是神明那時候的經驗。

無論要採取何種行動，要是搞錯前提就變成輕舉妄動。

「雖然日傘學妹全盤否定，但我還是覺得這個誘拐事件，可能是當事人主動離家出走。」

「喔喔？」

八九寺一副依然摸不著頭緒的反應。看來請這位神明幫忙是一件苦差事。

她的直覺不太敏銳。

「所以汝這位大爺才說『現在還不是時候』嗎？若只是離家出走，確實會因為事情鬧大而更不敢返家。」

和八九寺比起來，昔日在各國反覆離家出走，擁有這種驚人經歷的吸血鬼，立刻聽出我的意思。

「嗯。」

我繼續說。

「依照我目前從傳話遊戲聽到的情報，這對父母不太稱職，家庭也不是適合小學五年級孩童居住的理想環境……就算不是這樣，任何人都有過離家出走的經驗吧。」

「這麼一來，難怪紅孔雀妹妹即使離家出走，父母也沒察覺。或許正因為是這樣的父母，她才會離家出走，這個推論可以成立。不過蘿莉莉木哥哥……」

「不准試著讓『蘿莉莉木哥哥』這個稱呼固定下來。」

「還不是因為您剛才打斷以往的流程，我才會消化不良。『蘿莉莉木哥哥』這個稱呼的既定程序還沒跑完。」

「那我就來跑吧。不要把我叫成像是蘿莉……洛奇梭……不要把我叫成像是惡作劇之神洛基，我叫做阿良良木。」

「您說得超帥氣耶，居然拿惡作劇之神洛基來用。就某方面來說算是神來一口。惡作劇之神來一口。」

八九寺傻眼跑完既定流程（這傢伙真守規矩）。

「送來的門牙是怎麼回事？從紅孔雀妹妹嘴裡拔出來的門牙。這沒辦法以惡作劇帶過喔。」

八九寺這麼說。

「嗯，妳問的正是日傘學妹的反證，我當時也完全被她說服，不過，如果是送心臟過來還很難說，送來的卻是門牙。門牙的話可以自導自演。」

「自導自演？咦？您的意思是自己拔掉自己的門牙，然後自己送過去？小學五年級會這麼做？阿良良木哥哥，您將小學五年級當成什麼人了？大家並不是都像阿良良木哥哥這樣超喜歡弄痛自己啊？」

八九寺這麼說。

慢著，哎，雖然確實發生過這種事，但我也不是自願弄痛自己的。

即使不得不承認我的自罰傾向強烈，但是在成為大學生的現在，我想盡量避免這種事。無論如何都要避免第三學期的戲碼重演。

「說到小學五年級，我很清楚喔。剛好是替換期吧？」

「替換？替換什麼？」

「牙齒。」

006

總歸來說，毫不掩飾放進信箱的牙齒，可能是紅孔雀的乳牙，這是我的個人猜測，更正，我的個人希望。

與其認定從我算起的第六層人際圈，存在著會以鉗子等工具拔掉人質女孩牙齒的誘拐犯，我的這個猜測好多了……最好的狀況當然是紅口家並非令孩子想離家出走的家庭。

幸福的家庭有著同樣幸福，但是不幸的家庭有著各自的不幸──某句名言是這麼說的，不過，即使不幸的家庭確實有著各自的不幸，幸福的家庭是否真實存在還有待驗證。

「嗯，汝這位大爺不愧是小學五年級之專家。吾有眼不識泰山。」

將我這個心思當真的這個說法挺微妙的，但是我和忍的交情太深，意外地很少聽到她稱讚我。

「換言之，她離家出走時，乳牙剛好脫落，所以扔進信箱？」

「或許相反。可能是乳牙脫落成為離家出走的契機。但我已經記不得自己第一次掉牙的經驗了。」

畢竟是小學時期。

日傘聽到門牙事件時，當然想像紅孔雀承受無法痊癒的傷痛。即使不到掏挖心臟的程度，也可能像是砍斷手指、挖掉眼珠那麼痛。任何人都會這麼想。

不過，如果只以小學生這個年代來說就未必如此……只以十歲世代左右的孩子來說，掉牙是淺顯易懂的「成長證明」。

是應該慶祝的事。

「先不提『十歲世代』這種用語，這個推測不無可能……總之，基於這層意義，在場的我們三人是和外表相反，早就失去這種感覺的小小女生，所以在某些部分不方便說些什麼。」

斧乃木細嚼慢嚥我的話語。

因為是牙齒的話題，所以細嚼。

「因為掉牙，而且掉的是門牙，所以紅孔雀小妹感受到自己的成長，主動離家出走……這個推理或許有檢討的餘地。這和她姊姊決定在十八歲離家的心態完全一樣。或許是繼妹從繼姊那裡學來的……」

「可能只是因為等不及十八歲，所以將自己之標準降得比姊姊低。」

「不過鬼哥，簡稱鬼哥的鬼哥哥，聽說上排的牙齒要扔到屋簷下，下排的牙齒要扔到屋頂上，那麼把脫落的牙齒扔進信箱是哪種習俗？這是想讓牙齒往哪個方向長？」

「妳這個疑問，我想得到兩種答案。」

「鬼哥哥居然知道『兩』這個數字，我好驚訝。」

「好歹驚訝我想得到兩種答案好嗎？」

即使無法學日傘說得有模有樣，我還是在吐槽之後說出自己的猜測。

「第一個答案。」

我繼續說。

「她只是不知道怎麼處理脫落的門牙，才會放進自家信箱。畢竟是自己的牙齒，應該會抗拒當成垃圾丟掉，不過斧乃木剛才說的迷信，若問這個時代的孩子是否知道，這也很難說……如果搖搖欲墜的門牙在放學途中脫落，又在這時候冒出離家出走的念頭，與其隨手扔到附近，改成放進自家信箱，我覺得應該是一個不錯的折衷點。」

「折衷點啊……然後她就這麼沒打開家門消失無蹤是吧，吾之主？」

忍說完雙手抱胸。

雖然是被迫參與，但她好像以自己的方式對這件事感興趣。

「發現牙齒之時間點，確實剛好是失蹤第二天夜晚，但實際上這顆門牙未必是在第二天夜晚放進信箱。喀喀。換言之，童子之父母不只是對女兒，對信箱亦是放置不理嗎？」

居然說「童子」……

妳至今都沒用過這種詞吧？

不准在新的一季嘗試更換角色路線。

總之，大致是這麼回事……即使平常勤於檢視信箱，但是一顆沒經過任何處理的門牙，如果掉在角落也可能看漏吧。

「不過忍，我覺得第二個答案比較有可能……換句話說，紅孔雀小妹即使離家出走卻整晚都沒人察覺，為了讓過度不關心她的爸媽擔心，就某方面來說是為了挑釁，所以暫時回到自家附近，偷偷將脫落的門牙放進信箱。這樣的可能性比較高。」

「啊啊……自導自演。吾之主一開始就這麼說了。」

忍像是回想起來般說。

我使用「自導自演」這句成語沒什麼特別的意思，只不過是脫口而出，也可以說是潛意識的願望化為言語。

是缺乏深思熟慮的成語。

也就是說，在這種狀況，至少可以推測紅孔雀藏身在距離自家不遠處。如果是第一種狀況，甚至無從猜測她離家出走多遠。

維持隨時都能回家的距離，觀察家裡的動靜。如果是這種可愛的離家出走，就不愁無從找起……實際來說，除了這兩個版本，當然還想得到更多的可能性。

其中最大而且最不能忽略的可能性，就是「紅孔雀單純被個性異常的犯人誘拐」的可能性。

不過，抱持這種希望並不犯法吧。

因為是希望。

「如同夢想欣賞小女孩的裸體並不犯法，抱持這種希望並不犯法吧……」

「吾之主，不准多加前面那一句。不准給吾等吐槽之機會。」

忍以搭檔身分阻止我，接著說下去。

「這個稱呼比童子貼切得多。那麼今後就稱她是小女孩吧。畢竟人類之名字很難記。」

我給了她無謂的提示嗎……

不過，一直稱呼為「小學五年級的誘拐受害者」也開始嫌太長了。

就算這麼說，簡短稱為「受害兒童」，聽起來挺嚴重的……既然我由衷希望不是這麼回事，我就無法反對忍以「小女孩」稱呼紅孔雀。

哎，畢竟這是平常在用的詞。

稱為「紅孔雀」比較好記，是人類的理論。

「確實。現在還不知道紅孔雀小妹是什麼樣的孩子，不能貿然取綽號。不能以鬼哥哥偏好的『小隻骨感妹』這個代名詞稱呼她。」

「『小隻骨感妹』是哪門子的代名詞？不就是普通的瘦小女孩嗎？」

不過，確實不知道紅孔雀是什麼樣的孩子。彼此的關聯性終究太遠，日傘也沒打聽到容貌之類的其他情報。

水戶乃兒那裡大概也沒收到情報吧。即使收到也缺乏正確性，因為容易以訛傳訛。

「我稍微懂了喔。阿良良木哥哥在這種三更半夜來找我的原因。」

「話說在前面，我深夜來找妳是配合妳方便的時間喔。妳白天常去散步，這時間比較方便。」

「因為我是散步之神啊。」

「不對吧。妳是……」

「沒錯，是『迷路』之神。」

八九寺說完咧嘴一笑。

「我是不回家的專家。也是『回不了家』的專家。換句話說，經驗拋物線的我可能知道這位紅孔雀妹妹離家出走躲在哪裡，阿良良木哥哥是這個意思吧？」

大致是這樣沒錯。

但我沒說什麼經驗拋物線。（註1）

「最壞的狀況當然是凶惡的誘拐犯真實存在，就算不是這樣，光是小學五年級女生獨自度過好幾天，就可以說是十分危險又相當壞的狀況。必須趕快找到她保護起來，否則我只覺得未來不會發生什麼好事。」

「怎麼回事，後續不是應該由吾等痛毆誘拐犯一頓嗎？」

「非得這麼做的話就做吧，但我覺得這終究是警察的工作，而且我確信要是自己對這種事上癮就糟了。」

註1　日文「拋物」與「豐富」音近。

「什麼意思？」

這句話是斧乃木問的。

她是以監視員的身分發問，所以得慎重回答。我慎選言辭。

「藉助吸血鬼或神明這種超自然強大存在的力量，貫徹『自己心目中』的正義——我要是對這種事上癮就糟了。」

不只是糟了，甚至完了。

借用專家忍野咩咩的說法就是「一旦這麼做，你就不再是人類了」。

那麼我應該標榜的不是正義，而是慈愛。這是阿良良木曆目前對自己劃下的界線。

經過動盪與動亂的高中生活成為大學生之後，阿良良木曆劃下的界線。

「想說不只是拯救沒見過面的女生，鬼哥哥終於連不知道長相的小隻骨感妹都想拯救而展開行動，原來在各方面還是有好好思考過啊。好吧，既然這樣，我就暫且不殺你吧。」

「咦……？斧乃木小妹，妳獲得的權限等級高到可以在必要的時候殺我？」

還有，希望她現在不要把「小隻骨感妹」當成前提說下去……我可不希望「這個小女孩是小隻骨感妹」成為我救她的原因。

雖然我剛借用忍野的話語，但我可沒要將那個中年夏威夷衫大叔說的話全盤接受。我不認為「人只能自己救自己」。

如果連第五層人際圈那麼遠的人都可以拯救，我會像這樣借用超自然的神鬼之力。

「鬼哥哥都不會為今後的事著想耶。不對，是滿腦子都在想眼前的事。」

斧乃木說過，我必須避免說出過於奇怪的決心，否則會和四年後的故事產生矛盾。既然這樣，妳根本就不該提到四年後的故事。

所以是怎樣？是我成為搖滾巨星大紅大紫的故事嗎？

「今天獲得一萬圓以及明天獲得一萬一千圓，要選哪一種？像是這種問題，鬼哥哥應該是毫不猶豫回答『今天』的類型吧。這當然不是錯誤的選擇。明明怎麼想都是明天拿一萬一千圓比較划算，沒耐心的人卻會選擇今天拿一萬圓，一般常說這種人比較笨，不過依照行動經濟學，今天拿一萬圓未必比明天拿一萬一千圓吃虧。因為人類不一定活得到明天。」

「……………」

屍體人偶不知為何緩緩說起行動經濟學……還說得挺嚇人的。

「即使沒死，考慮到毀約的可能性，比起明天不一定拿得到的一萬一千圓，選擇今天肯定拿得到的一萬圓，可以說是踏實的做法。二話不說當場領錢。這種做法或許不聰明，但是很踏實。就某方面來說，是用一千圓買了一天的時間。所以，不考慮前因後果先救人再說的這種做法，我覺得可以。不要一一思考『在這時候拯救小隻骨感妹，對於小隻骨感妹來說是否真的是好事』這種問題。」

我覺得使用「小隻骨感妹」這個稱呼，對於小隻骨感妹來說肯定不是好事就是了……不過我明白她想表達的意思。

但我不懂她為什麼要對我說這些話……我認為自己採取的行動沒那麼只顧眼前。

一切都是為了慎重起見。

或許我現在做的事情非常沒有意義，但幸好現在的我有餘力。因為我正處於名為「大學生活」的人生緩衝期。

……不對。

不只如此。

我確實在救人，卻絕對不是無私的救人。和羽川不一樣。不對，春假那時候見到我的羽川，或許意外是這種心情？

總之，是羽川。

羽川翼。

「既然是這麼回事，我也不吝於提供協助，但是聽完剛才的說明，我在意一件事。」

八九寺說。

看來她理解狀況之後敢於提問了。

「如果不是誘拐而是離家出走，我當然贊成保護紅孔雀妹妹，而且毫不保留提供自己的經驗，但是保護她之後，阿良良木哥哥要怎麼做？要送回……」

「不能送她回家吧。」

我在她說到一半的時候插嘴。

不對，「保護小女孩之後沒要送她回家」這段發言，我自己聽起來都有點害怕，但我不是這個意思。

沒有「趁她離家出走誘拐回家」這種大逆不道的想法。

「日傘學妹說的『只在這裡說的祕密』，即使只相信一半……」

「仔細想想，在您對我們說的時間點，『只在這裡說的祕密』就完全淪為形式了。居然一口氣告訴三個人，阿良良木哥哥的口風到底多鬆啊？小心我把您的嘴巴縫起來喔。」

「即使只相信一半，那個家庭也確實令人想離家出走，這部分我想要慎重判斷。憑一己之力避難的孩子，如果硬是被送回原本的場所，可能會造成更大的悲劇。我可不想參與這種劇本。」

「總之，必須先聽當事人——聽那個小女孩怎麼說，否則無法下定論。」

看來八九寺採用的稱呼不是「小隻骨感妹」，是「小女孩」。這是當然的。基本上只有斧乃木會說「小隻骨感妹」。

「那麼，這裡提到的保護，我可以解釋為送到阿良良木哥哥家保護嗎？」

「要這麼做也行……不過唸大學的兒子帶著小學五年級女孩回家，家長終究唸我幾句吧。」

「這早就豪邁超越『唸幾句就了事』的程度吧？」

「話說阿良良木哥哥，您不是曾經把我這個小學五年級女孩強行帶回家？」

「噓！」

「噓什麼噓？」

「那部極短篇終究肯定很難取得了，所以沒問題。」

「但我覺得零碎的短篇遲早會統整出書……」

我的天啊。

明明話題是我現在有餘力所以想救人，我卻陷入天大的危機……慢著，不是在說這個。

「黑儀住女生宿舍，管得很嚴。這部分我想拜託老倉。那傢伙一個人住，所以藏匿小女孩也沒問題。」

「汝這位大爺動不動就拜託那個凶惡之兒時玩伴，但也該察覺她真的非常討厭汝了吧？」

「這樣的話，老倉姊姊不會變成誘拐犯嗎？」

八九寺居然叫她老倉姊姊。

明明沒見過卻叫得這麼親近。

「沒問題，因為那傢伙不把犯法當成一回事。」

「問題很大吧？」

確實有問題，但我這麼做還有一個原因。

老倉再怎麼樣都不是「助人」或「救人」的類型（無論是撕裂嘴巴還是被撕裂嘴巴，都不會說這種話），即使如此，只有處於悲慘環境的小女孩例外。

因為對於老倉來說，這等於在救她自己。

「所以我想利用她這個弱點。」

「不准說是弱點。」

「不准說是弱點。」

「不准說是弱點。」

少女、幼女與女童從三個方向同時吐槽。不知道是哪門子的同步現象，少女與幼女連說話語氣都變了。

嗯，不可以說是弱點。

順帶一提，因為宿舍管得嚴所以不列入選項的我女友戰場原黑儀，少女時代也過得很辛苦，但可惜她是「討厭以前的自己」這種類型，所以即使是處於悲慘環境的小女孩也不會成為例外。

反而可能會嚴厲以對。毫不留情。可不能讓她變回以前的樣子。

所以即使她不是住宿舍而是一個人住，我也不會拜託那傢伙。

避免造成麻煩吧。

反正那傢伙這次也是直到終章都不會登場吧。

「如果確定紅口家沒問題，當然就會送她回家。最理想的結果是——我們找到的問題點純屬誤會。」

「鮮血比較好？」

不愧是前吸血鬼，忍將「誤會」聽成音近的「鮮血比較好」。總之接下來的方針整理如下。

①請斧乃木調查紅口家。

②這段時間，我與忍尋找紅孔雀。

③如果是誘拐案件就交給警方處理，斷然抽身而退。

重點在於③。

我必須小心行事，否則會輕易跨越那條線。

「咦？我不用協助①或②嗎？我明明是神耶？」

「雖然很想請妳幫忙，但紅孔雀小妹家確定是在鄰鎮。妳是這個鎮的神明，不太方便離開這裡太久吧？」

喜歡散步也應該要有極限。

要是變成旅行就糟了。

成為神明之後，這方面的自由度肯定反而下降……哎，在怪異的世界，這種系統或許可以說和人類社會一樣吧。

愈是步步高升，愈容易綁手綁腳。類似這種感覺。

「想去的話是可以去啦。畢竟今年十月我就預定要去出雲露個臉——走路去出雲。」

為什麼妳企圖比高升之前還要為所欲為？

這種傢伙其實很棘手。

不准試著提升自由度。

「不過，阿良良木哥哥難得這麼貼心，所以我想以更加感恩的心情收下這份心意。畢竟又下地獄的話也不太好。我想維持神明應有的樣子，趾高氣昂好好展現威嚴。」

「就這麼做吧。妳光是指點迷津就幫了大忙。」

總之，先不提是否做得到，如果是十月的神無月就算了，我覺得她最好不要動不動就放空這座北白蛇神社。以前這裡的神位長年出缺，不知道為這座城鎮帶來多少災難。

現在回憶那場悲劇還太早。

「呵，也對。像是吾──鐵血、熱血、冷血之吸血鬼姬絲秀忒・雅賽蘿拉莉昂・刃下心這個災難，亦是因為這座神社之神明出缺而帶來的。」

「不，忍，妳沒關係。妳的來臨不知道讓我的人生變得多麼精采。來，要坐我大腿嗎？」

「嗯？是喔，既然汝這位大爺這樣說，那就沒辦法囉。」

「不准打情罵俏，呆子。」

斧乃木出言指責。

即使面無表情，監視的目光還是很嚴格。

「小心我砍掉你的大腿。」

「斧乃木小妹，妳是這麼恐怖的怪異嗎……」

「不恐怖喔，甚至算溫柔喔。因為我就像這樣陪著鬼哥哥滿足救人的癖好。我明明是住在你家的監視員，你卻試著巧妙利用，我對你這種態度有好感。」

「原來妳對我有好感啊。」

「當然啊，因為我是式神，是付喪神，也就是工具。如果有人能好好利用，我會很高興。」

原來如此，這是很好懂的道理。

基於這層意義，暴力陰陽師影縫或是專家總管臥煙伊豆湖，可說是將斧乃木這個傑出的工具，以精湛的技術運用自如吧。

如果要求我做到那種水準，我會很困擾，總之我盡力而為吧。

「那麼，鬼哥哥與色迷幼女接受神託的這段期間，我先去調查紅口家吧。」

斧乃木滿嘴抱怨，而且面無表情所以看不太出來，但雖說和原本的業務差得遠，她還是展現這種幹勁，看來她真的很喜歡有工作做。

我不忍心潑她冷水。

「抱歉，斧乃木小妹。雖然紅口家確實在鄰鎮，但我不知道詳細地址。」

但我還是必須這麼說。

依照「水戶乃兒國中時代前輩的妹妹」這個情報，頂多只能斷言不在這座城鎮。日傘曾經和水戶乃兒是隊友，肯定知道她住在哪裡。

紅口家肯定和樟腦家位於同一個學區……但即使是鄰鎮，也無法確定是東西南北哪個方向的鄰鎮。

從鄰鎮來看，我們的城鎮才是鄰鎮……而且說不定就像朋友的朋友那樣，其實是鄰鎮的鄰鎮。如果國中是私立學校，這個推論可能會猜中，而且極端來說，這位前輩滿十八歲獨立出去之後，紅口家也可能搬家。
「放心……我是專家喔，鬼哥。」
真可靠。
看來她擁有尋人的訣竅。
我曾經和小扇搭檔上演類似推理的戲碼，但其實這孩子看起來最像偵探。
「沒錯，挨家挨戶看門牌的訣竅……」
「這樣超辛苦吧？」
這樣不像偵探，像刑警。
說不定會得到我爸媽的表揚。
「騙你的。不過，找人真的是我擅長的領域，我也擅長反向調查這種口耳相傳的『傳聞』。查到任何線索我再逐一聯絡。」
「嗯，傳電子郵件就好。」
「很抱歉，我的兒童手機不能傳電子郵件……我也不太會講電話，所以如果取得情報，我會直接通知以免出錯。」
唔……這樣不是也很麻煩嗎？
這樣會變得必須來來回回，斧乃木也不知道我到時候在哪裡。
如果把式神視為工具，我可以理解「工具不擅長使用工具」這個道理……這麼說來，我很少看斧乃木使用武器。

「放心，我就算在地球的另一邊，也知道鬼哥哥與色迷吸血鬼在哪裡。」

「剛才打情罵俏是事實，所以吾第一次當成沒聽到，但若敢再說一次吾是色迷吸血鬼，吾就吃了汝。」

「我是在稱讚妳的存在感出色，光彩奪目。不然下次別叫妳色迷吸血鬼，改叫妳金色迷吸血鬼吧。」

「這聽起來挺帥氣的……」

喂，不准喜歡。

不准喜歡這種稱呼。

妳只是被「金色」的語感打動吧？

「而且鬼哥哥，對我來說，移動並不麻煩。你剛才說到來來回回，但這算不了什麼。就只是用離開的方式回來罷了。」

「離開的方式……是什麼方式？」

「這種方式。」

屍體人偶斧乃木忽然起身。

「『例外較多之規則』。」

說完，她像是火箭一樣從腳底噴射離開。

007

這麼說來我想起來了，斧乃木主要是被影縫拿來當成「移動手段」。既然這樣，利用這種將肉體（屍體）局部驟然膨脹的技能「例外較多之規則」贏在起跑點，並且跑遍各處調查的機動能力，或許是專家必備的技術。

總之，她並不是我隨時都能依賴的孩子，像這樣幫我始終是特例，我不能忘記這一點……千萬要牢記在心。

雖說不是為了正義，而是為了慈愛，但要是理所當然習慣借用周圍的助力，感覺就某方面來說也很危險。斧乃木拿行動經濟學的理論對我說過，但我還是多少得考慮前因後果，否則會招致自我毀滅。

畢竟我招致不少次了。

話是這麼說，但我們已經踏入無法回頭的境界，來不及考慮前因後果了。不能再磨磨蹭蹭，要確實處理這個事件。

即使沒考慮前因後果，也不要後悔。

我如此下定決心，今晚就行動。

「可不能輸給斧乃木姊姊耶。我身為迷路專家，也來擔任阿良良木哥哥的顧問吧。」

看著斧乃木出發（發射？）之後，八九寺重新主導話題。

「總之，搜索範圍要擴大或縮小到何種程度，得先等斧乃木姊姊查出紅口家的地址，但是請容我傳授基礎中的基礎吧。這次的事件，對方是小學五年級的孩子，您應該沒忘記這一點吧？」

「這個事實，我想忘也忘不掉。對方是小學五年級的人類，所以我一個失誤就可能在社會上被抹消。」

「講得好像如果是吸血鬼、幽靈或屍體，汝這位大爺就能被原諒……」

「我現在要說的是，小女孩紅孔雀妹妹『可以躲在任何地方』。因為她的身體很小。」

原來如此。這或許是意外的盲點。

要是斷定那種小草叢不可能躲得了人，這種想法可能輕易被人反向利用。

如果是離家出走，我們就得進行一場捉迷藏……真是的，明明已經不是吸血鬼，這次卻得當鬼。

「不只是這種單純的體積問題，小學生可能會選擇讓人不太敢相信的路線來走。我在成為神明之前的迷牛時代，也曾經讓許多小學生迷路。」

「我一直以為妳是無害的怪異，不過聽妳這麼說就意外覺得並非如此。」

「小學生可以面不改色走在圍牆上，像是水渠、山路或圍欄也一點都不怕。也就是不放在眼裡。」

啊啊……

這麼說來，以前神原就是以類似的方法迴避迷牛現象……我原本認為那是神原才做得到的特殊迴避法，但小學生可能做得到一樣的事。

以小學生的能力才做得到的矯健身手。

「而且也完全不怕弄髒衣服。比起尋找怪異，尋找離家出走的少女或許比較困難。」

「這樣啊……說得也是。至少和尋找大人的感覺不太一樣。」

「不過，紅孔雀妹妹也可能是已經發育到超越小隻骨感妹甚至小學生的平均標準，而且注重打扮的早熟孩子。」

看到我變得有點喪氣，八九寺這樣安慰。

雖然這是安慰，不過身高一七〇公分的小學女生並不是不存在，所以我也得記住這個可能性，不然或許會出師不利。

「汝這位大爺，找貓之經驗可以當成參考吧？」

此時，忍這麼說。

找貓？

這也是偵探常做的事……應該說是偵探經常用來自虐的說法。「我小時候就嚮往成為名偵探，但是真正當上之後才知道，現實世界偵探接到的委託，都是調查小三或是找貓之類的工作」這樣。

只不過，找離家出走的少女和找貓相提並論，終究不太好吧？即使這番話出自怪異之口……

「非也非也。雖說找貓，卻是那隻貓。吾等熟知之那隻貓——無所不知之那隻貓某次失蹤之後，汝之戀人花了一整晚找到她。先前不是發生過這件事嗎？」

008

這麼說來，確實發生過這種事。不，這真的是傳聞，應該說是後來聽完令我全身發毛的往事，所以不確定真實度……自家失火無處可去的羽川，一個人在廢墟過夜，後來黑儀憑著內心的堅持找到她。

至於那座廢墟——補習班遺址的廢棄大樓，後來和羽川家一樣燒個精光，所以紅孔雀應該不會住在那裡，但她利用其他廢墟做為棲身處的可能性，即使不高也確實存在。

當時羽川的……該怎麼說，缺乏危機意識的那種心態，就某些角度來看，或許和純真孩童的心態相通……

「話說，那裡原本是忍野睡覺的地方吧？明明只要聯絡上那傢伙，就可以問他這附近還有其他什麼樣的廢墟了。」

「那他不就像是廢墟專家了？不過，吾等確實也是因而撿回一條命……」

「是的。為了遮風避雨，可以推測是以有屋頂的場所為據點。」

雨嗎……我不知道鄰鎮的天氣，但是沒有比雨更消耗體力的要素吧。

那時候的羽川動向……雖說該回去的自家燒毀，但她那樣就某方面來說是一種離家出走……

後來，記得那傢伙在廢墟蓋著紙箱睡覺時被發現，輾轉暫住戰場原家或是阿良良木家……

與其假設小學五年級女生一個人餐風露宿過著克難求生的生活，或許她意外平凡地投靠了理解她苦衷的朋友家，這種可能性有多少？

若是以「叨擾別人家」做為迴避迷牛現象的手段……

「雖然有點像是禁招，不過考慮到這是更簡單的解決方案，這種方法應該也行得通吧。真是的，人類這種生物就是擅長發明密技。」

「不准站在神的立場發言。我現在採訪的是身為迷牛的妳。」

「不過，紅孔雀妹妹並不是受到迷牛現象的危害，所以我不能說得像是熟知一切。因為我雖然成為神，卻不是全知之神。」

八九寺說出的這段自省真的很像羽川。

不是無所不知，只是剛好知道而已。

「………………」

不過，我有點不懂。

忍為什麼在這個時候，突然說我們可以參考那位前班長的行動？

明明有一半是被迫協助，她說這種話指點迷津挺奇怪的，但我詫異的不是這件事……因為忍像是賭氣的這種態度，就某方面來說算是一如往常。

不過，既然要指點迷津，除了那位前班長，應該還有更能拿來參考的過往事蹟吧？

我也是現在聽她說才終於察覺，所以不能說得太囂張，不過忍肯定可以比我更早察覺才對——因為是她自己的事。

可以說是離家出走，可以說是迷路。

也可以說是尋找自我之旅。

持續進行國家級離家出走的姬絲秀忒·雅賽蘿拉莉昂·刃下心，走到窮途末路成為忍野忍之後，也曾經失蹤一次。由於是幼女失蹤，所以我當時心急如焚，跑遍整座城鎮尋找。

記得在找她的時候，我好像和障貓共同行動過……不過當時和這次不同，角色陣容實在不適合找人。

不，總之，最後算是那隻貓找到忍，所以要說是最適合的陣容也行。適才適所……

總之，忍自己擁有的經驗就是最好的前例，為什麼她拿出來說的不是當時的事件，而是羽川露宿時的事件？

難道說，因為那是我不在這座城鎮時的事件，所以忍以為我可能還不知道？

實際上我已經從另一個當事人戰場原黑儀口中得知了。她說得得意洋洋。

看見了吧，我和羽川同學堅定的情誼！

她以這種感覺向我說明。

先不提這個……哎，不過，若問忍失蹤時藏身的場所，是否可以用為紅孔雀藏身的場所，答案當然是不可能，而且就忍來說，那場「尋找自我之旅」如今或許是歸類為丟臉往事的回憶，所以她只是刻意不去提及，以免被人拿出來說吧。

那我最好不要深入追問。

現在紅孔雀比較重要。

忍不再說話，所以後來再度由八九寺以迷路專家身分進行迷路講座。

「為期十年以上，我以為毫無意義可言的那段地縛靈生活，居然以這種形式活用，我從來都沒想過這種事。」

她輕聲這麼說。

雖然應該只是隨口這麼說，不過既然八九寺這麼認為，那我這趟找她諮詢也具備另一種價值了。

生前的八九寺真宵，在大約十一年前的母親節，從擁有撫養權的爸爸家獨自前往離婚的媽媽家，在途中遭遇車禍。

和剛才忍說的往事不同，我實在不敢把這個例子套用在紅孔雀身上，但是紅孔雀可能面臨同樣的結果。

我把希望寄託在「紅孔雀不是被誘拐」的可能性，並且準備採取行動，但是如果紅孔雀沒能活著回來，到頭來，我還是不知道自己在做什麼。

不回家沒關係，活著回來才重要。為了回報八九寺的協助，我就像這樣重新下定決心。

「……『例外較多之規則』。」

就在這個時候，斧乃木回到境內了。

以超必殺技的逆向噴射，飄著裙襬，以後腳跟漂亮著地。

好快！

她回來的感覺簡直是迴力鏢吧！

「我回來了。查出紅口家的住址了。」

009

斧乃木過於優秀，我甚至覺得這樣下去我可能沒事可做（變成這樣的話是最好的，絕對是最好的），不過當前她好像只是確認了「紅口」的門牌，還沒把內部細節調查完畢。女童說，原本甚至還不到中途報告的階段。

「不過，以這次的狀況，鬼哥哥們必須同步尋找小隻骨感妹。」

「妳終於開始把我說得像是模特兒星探了。」

「我覺得需要住址，所以先趕回來一趟。我馬上就要出發，這次會進去屋內看看。」

真的是「快去快回」。

既然擁有這種機動力，就能理解她為何行動時不必依賴手機這個文明利器。她這樣簡直是擁有任意門。或者是魯拉咒語？（註2）

註2　電玩遊戲「勇者鬥惡龍」的瞬間移動魔法。

她之前說得像是擁有尋人訣竅，但或許意外真的是腳踏實地，挨家挨戶檢視門牌……若問她為何能在這麼短的時間內查完回來，我反而只想得到這種方法。

「確實在鄰鎮喔。我原本相當懷疑這個情報。而且啊，先前我覺得削減鬼哥哥的幹勁不太好所以一直沒說，不過我甚至懷疑『只在這裡說的祕密』本身可能不存在。不過至少紅口家是真實存在，叫做孔雀的女孩以及叫做雲雀的姊姊也真實存在。」

「嗯？妳為什麼知道這麼多？」

「因為這也寫在門牌上。雲雀這個名字被劃掉，可以推測這應該是離家出走的姊姊。也把父母的名字告訴你吧？不過鬼哥哥知道名字，意識到這對父母是具體的個體之後，可能會陷入兩難。」

「兩難……」

或許會吧。

以我的個性，可能脫口就說出「做父母的也很辛苦」或是「父母也有無暇照顧孩子的苦衷」這種話。這當然也是必要的視角，卻是斧乃木說過的「明天的一萬一千圓」。

首先得獲得今天的一萬圓，否則明天不會來臨。

「什麼？是在說要拿一萬圓買小學五年級的女生嗎？」

「並沒有。怎麼可能。」

買賣小學五年級女生這種事不值一提（我已經和這樣的阿良良木永別），不過如果某個商品只賣到今天，還是等不及明天的一萬一千圓……這一千圓的差額等明天再以別的手段賺取，我覺得這才是正確解答。

我是這麼想的。

「不，父母的名字也告訴我吧。目前不知道哪些情報派得上用場，我想先記下來。」

但我還是這樣拜託斧乃木。

我並不是想說得多麼了不起，不過至今只有「水戶乃兒國中時代的前輩」這個頭銜的人物，被賦予「紅口雲雀」這個名字的瞬間，我覺得變得生動了。

物語增加了真實性。至今依然像是發生在某個遙遠世界的事件，我覺得逐漸成形。

所以即使說「不知道哪些情報派得上用場」，即使覺得紅孔雀父母的名字基本上不會在之後成為提示或線索，我還是決定問清楚。

而且，雖然可能不會成為以防萬一的保險，或許可以發揮煞車……ＡＢＳ的功能。

過度擔心某人，導致腦袋裝不下其他東西，這種事我至今反覆再犯到厭煩的程度……如果演變成因為過度擔心斧乃木口中的小隻骨感妹，所以可能危害到其他人的狀況，或許可以忽視「父親」與「母親」的頭銜，將她的父母視為個別的人類進行判斷……

是的，和「那時候」不一樣。

「嗯，我認為這是對的喔，鬼哥哥。如果你在這時候回答你不問，我就會殺了你。」

「為什麼這麼想殺我？如果逼我進行死亡二選一的頻率這麼高，以機率理論來說，我今晚就會沒命了。」

「『放棄監護』、『棄養』或『家暴』這種強烈的字眼，因為過於強烈，所以經常被當成虛構不真實的事件，但是必須理解到這種事確實發生在現實世界。父親的名字是紅口幹吉，母親的名字是紅口豐子。」

父母的名字都很平凡。

平凡到掃興的程度……明明將兩個女兒取名為雲雀與孔雀……不，等一下？姊妹倆沒有血緣關係吧？

兩人都是鳥的名字，都是兩個漢字，而且都有「雀」這個字，聽起來甚至像是雙胞胎姊妹的名字……這單純是巧合嗎？

「還沒調查到這麼深入，但事情可能是這樣。各自帶著孩子離婚的單親爸爸與單親媽媽，因為彼此孩子的名字很像而交談甚歡，最後走向紅毯的另一端。」

「……確實可能是這樣，不過拿這個當成結婚理由，有點缺乏深思熟慮吧？我這種年輕人或許沒資格這麼說，不過結婚是人生的大事。像我應該會在認真考慮將來之後向黑儀求婚。」

「我覺得不會。」

「我覺得不會。」

「我覺得不會。」

女童、幼女與少女再度從三方向吐槽。用這麼強力的陣形太卑鄙了。

連續被吐槽三次，終究說不出任何反駁。

不准讓我說不出話。

「不過，這樣確實不夠深思熟慮。」

看到我被擊沉之後，斧乃木接著說。

「所以才會造成家庭瓦解吧？就是因為建立這樣的家庭，所以孩子才會想趕快離家吧？」

「…………」

「不過，這方面是現在才要調查。來自不同家庭的兩姊妹，說不定其實有血緣關係。這是家譜型推理。」

「家譜型推理是什麼鬼？」

語感不錯，但應該沒這種詞。

其實有血緣關係？

哎，這應該會成為驚人的真相，不過在名字埋這種伏筆，感覺再怎麼說也太好懂了……

先不提父母是如何情投意合，不過水戶乃兒的前輩紅口雲雀，和年紀小很多的妹妹似乎相處得很好，至今好像也很擔心她，原因或許在於彼此的名字有很多共通點。

「說得也是。我和鬼哥哥也是因為彼此名字都有『木』這個字，才會像這樣成為好朋友。」

「並不是這個原因。」

照妳這麼說，我也會和某個騙徒成為好朋友。

饒了我吧。

說起來，我和斧乃木是否真的是好朋友也很難說……這具屍體人偶每半個小時就逼我進行死亡二選一。

如果她不是女童外型，即使是妹妹的物品，我也早就扔掉這個詛咒布偶了。

「那麼，我差不多該走了。既然目的地一樣，要搭便車嗎？」

「不，我是開車來的……」

即使沒開車，抓住女童腰部的高速高空移動，現在的我是否受得了？我只能回答很難……

以前，我的兩個妹妹與神原駿河被人抓走時，我就曾經這麼做而留下痛苦的經驗……甚至差點罹患高山症。

當時我的吸血鬼體質，不知道該說湊巧還是不巧，剛好提升到水準以上的程度，所以沒有出事……但若我以現在的身體狀況和斧乃木的「例外較多之規則」同行，說真的，我可能會死掉。

「雖然現在說這個有點晚，不過這麼說來，汝這位大爺之妹妹與學妹，亦曾經被人抓走。」

啊。

這麼說來……

我因而回想起來，羽川也曾經被抓走當成人質對付我……這都是和怪異有關的事件，所以我不小心當成例外。不過即使受害者不是小女孩，這些事件也都是誘拐事件。

像這樣看就覺得，這次的事件果然也很可能是誘拐，只是膽小的我不願意這麼想嗎？

總之，真是如此的話，我只需要選擇相應的處理方式……也就是「③斷然抽身而退」。事到如今這個方針不會改變。反倒應該慶幸我有過這種經驗，樂觀看待這個事件吧。雖然是不堪回首的經驗……但是只要派得上用場怎樣都好。

「就這麼繼續進行沒問題吧？那我就潛入紅口家，查明家譜吧。像是金田一耕助那樣。今後請叫我余田一耕助。」

「真容易混淆……」

話說，她剛才也提到「進入家裡」這種事，不過可以這樣非法入侵嗎？在這種三更半夜，總不能在周邊或學校打聽情報，若是不搜索屋內，確實無法得到紅口家的情報，可是……

「放心放心，我不是吸血鬼，所以不必屋主許可也能潛入密室喔。我要用盡密室詭計喔。」

「別這樣。不可以用盡密室詭計。」

畢竟真要說的話，這已經是闖空門的技術了……不過，為了避免犯下無法彌補的失誤，無論如何都想取得紅口家內部的情報。

父母現在在做什麼？

正在度過無法入睡的夜晚嗎？還是……

「其實已經出動的反誘拐犯罪搜查班，當然可能已經屏息待在客廳等待誘拐犯的下一步動作，不過到時候我會以超群的反射神經假扮成布偶所以沒問題。」

「沒問題嗎……？」

雖然這麼說不太好，但是妳那種偽裝，是因為對方是我妹才勉強騙得過……

哎，算了。

我決定交給她處理。

既然拜託她了，那就是全權委託。

「那麼晚點見。我會在你忘記的時候回來。『例外較多之規則』。」

斧乃木說完再度飛向夜空。這是幾乎沒有準備動作就發動的必殺絕招，所以我每次看見都會嚇一跳。對心臟不好。

好啦，那麼既然充分得到八九寺專家指點迷津，差不多就聊到這裡，我們也終於朝著前線出發吧。斧乃木告知的地址，在鄰鎮之中也應該是我從來沒去過的場所。

是啦，平常沒事不會去陌生城鎮的住宅區，總之利用手機的地圖應用程式就不成問題吧。我當然沒辦法一邊開車一邊看地圖，所以……

「忍，拜託妳導航了。」

「吾不在意，不過啊，汝這位大爺，吾趁此機會建議一下，副駕駛座之兒童座椅，是否該拆了？」

010

我一直以為忍會很開心，不過我在愛車——福斯金龜車副駕駛座安裝專用的兒童座椅給她坐，她對此似乎頗有微詞。

是顏色不喜歡嗎？

不過現在時間這麼趕，拆座椅需要費一番功夫，所以今晚也只能讓她打消念頭。Show must go on。

「不對，讓吾正常坐後座好嗎？」

「啊啊抱歉，我後座裝滿各種東西。」

「怎麼跟汝這位大爺之人性一樣毫無負載能力啊？」

被前吸血鬼批評人性，阿良良木曆算是沒救了。就這樣，我向八九寺道謝之後，和忍從北白蛇神社下山，就這麼開車前往鄰鎮。

在深夜的山路趕路，是絕對不可取的危險行為，但我們的夜視能力還算好，所以一路順暢衝下山。不過讓忍坐我肩膀衝下山會擔心平衡問題，所以我臨機應變改成抱著她走。

「話說回來，拜託八九寺是對的。聽完日傘學妹的『只在這裡說的祕密』，我一時衝動就採取行動，不過經過她的指點，我覺得自己完全學會如何找出獨自離家出走的少女了。」

「這是非常危險之發言喔。」

「話說忍，妳是不是想對我說些什麼？」

「吾確實想說很多事，而且現在又多了一件，汝是問哪件事？」

「不准裝傻。妳以為我們是幾年的老交情了？」

「其實才一年出頭。」

這樣啊。

我以為大概是十二年的老交情了。

「妳剛才不是在奇怪的時間點，硬插入羽川的話題嗎？說什麼當成離家出走的尋人參考。由於沒有突兀到必須當場指摘，所以我那時候當耳邊風，不過像這樣兩人待在車上，我就重新在意起來了。」

「既然當過耳邊風就直接忘記吧。吾主總是執著一些奇怪之處。」

「關於怪異的事情絕不隱瞞，我們不是這麼說定了嗎？」

「汝是和其他女人說定的吧？是和哪個女人混淆了？」

不是別人，偏偏是黑儀。

今晚的非法搜查當然沒向黑儀報告，但這個事件和怪異無關所以ＯＫ。

「但吾認為幾乎是灰色地帶……即使是人類被抓，這個搜查小組卻有四分之三以上是怪異吧？」

「所以是怎麼回事？關於羽川，妳在意什麼事嗎？」

或許是對我頻頻追問感到厭煩，或者是從一開始就沒要徹底裝傻。

「哼。」

「三百公尺前方之路口右轉。」

忍照著手機畫面為我導航。

「是汝這位大爺有在意之事吧？」

她這麼說。

像是不自在般拉著兒童座椅的牢固安全帶。

「汝剛才說『像這樣兩人待在車上，我就重新在意起來了』，但吾反而是認為不該在人偶姑娘與迷路姑娘……更正，在迷路神明面前說得太深入，才說得那麼拐彎抹角。若是讓汝覺得吾在賣關子，那吾道歉。」

「……？是不方便在八九寺與斧乃木小妹面前說的事情嗎？難道和我上次用妳尾椎骨開發的新遊戲有關？」

「一切不可能。十一切不可能。」

「妳這種說法比『一千億分』好懂，但這樣聽起來像是十一歲的孩子不可能成為戀愛對象耶？」

「聽起來像是這樣亦無妨。說起來，尾椎骨之話題可以在她們面前說吧？」（註3）

可以嗎……

但她們其中一個是神明，另一個是有權殺我的監視員……

「純粹因為『那個』是她們和汝這位大爺認識前之事件。即使在那時候當成話題，人偶姑娘與迷途神明或許也沒概念。這是吾身為長者之貼心。」

由於是幼女、少女與女童，以外表年齡來說，忍看起來最小（幼女＝八歲，少女＝十歲，女童＝十二歲），不過計算實際年齡的話，忍確實是年紀最大的長輩（幼女＝不到六百歲，少女＝約二十歲，女童＝推定約一百二十歲？記得是臥煙大學時期，以百年前屍體製作的式神）。

不過，這傢伙會這麼貼心嗎？

說到精神年齡，我覺得無須被外表誤導，忍在三人組之中也是最小的……慢著，總之這不重要。

如果是我認識斧乃木與八九寺之前的事件，範圍就相當有限。

我認識斧乃木是去年暑假的事，認識八九寺則是母親節——也就是五月中的事。

註3　日文「十一切」與「十一歲」音同。

在這個時間點，我甚至還沒和戰場原黑儀有交集……我遇見忍，也就是遇見姬絲秀忒・雅賽蘿拉莉昂・刃下心的時間是春假，換句話說，是四月上旬到五月上旬的事件。

既然這樣，只可能是那個事件。

是的。羽川翼的第一個事件。

「障貓」──以及BLACK羽川。

原來如此……確實，我倆交情還不算久，在某方面來說卻是曾經出生入死的搭檔。

交情不長，但是很深。

我早就被看透了嗎？

還是說，擅長看透他人的那個中年夏威夷衫大叔加以薰陶，將忍的金眼磨得更加銳利？

「惡夢般的黃金週那時候，記得妳還在不肯說話的時期。我一直以為妳對我當時做的事情沒興趣。」

「明明在關鍵時刻都找吾協助，講這什麼話？不過和當時不同，汝這位大爺這次從一開始就依賴吾，看來還是有所學習喔。喀喀，是這樣沒錯吧？」

忍說完笑了。悽愴地笑了。

好久沒看見她這種表情。

「『不希望當時的失敗重演』——汝這位大爺如此心想，將這次素昧平生之小女孩和前班長重疊了吧？當時沒拯救的那隻貓，這次一定要拯救。汝應該是下定此等決心吧？」

找貓嗎……

哎，說得也是。

我無法否定……並不是內心某處下意識這麼想的程度，我從一開始就自覺到這個吻合。

我真的沒資格對斧乃木的非法入侵說些什麼，因為黃金週的時候，我沒抱持太大的決心，就厚著臉皮深入接觸羽川家的內情，結果遭到慘痛的報應。

自作自受。

不只如此，我還全力逃走。

羽川翼和養父母之間的關係使我嚇破膽，我哭著逃之夭夭。

我心想自己只是高中生，不可能有辦法解決那種「家務事」，在擅自介入之後扔掉爛攤子，整個扔給忍野咩咩。

在我高中三年級的諸多敷衍事蹟之中，黃金週的那個事件算是個中之最。

什麼都沒解決。

到頭來，從五月算起的四個月後，包括貓在內，羽川翼自力救濟解決了家裡的問題。我完全沒幫上忙。

這樣就好。

羽川翼是春假拯救我的恩人，雖然我沒堅持一定要成為她的助力——我承認並不是沒有這種想法，但我始終以羽川翼的安全、自由與幸福為最優先。

……不過，羽川高中畢業之後，放棄必然順利的升學之路，出國進行漫無目標的放浪之旅，她這麼做究竟多麼安全、何等自由，又要到何種程度才算幸福，這就另當別論了。

無論如何，能離開那個家是最好的。如同紅口雲雀離開自己的家。

所以我內心無法平靜。如同紅口雲雀無法不在意獨自留在家裡的年幼妹妹。

我當然知道紅孔雀和羽川翼不同人，也知道若要這麼說，處於這種境遇的孩子不只是紅孔雀一人。

境遇不同，受苦也沒有立場可言。不幸的家庭各有自己的不幸。

不過……我還是會忍不住想起來。

想起自己高中時代沒做到的事。

想起自己曾經不去面對而逃走。

現在的我或許做得到。或許敢於面對，不會逃走。

我也想實際感受自己稍微有所成長。

「笑我吧。我不是無私助人，是想取回過去的失分。我只是想宰掉當時認為『我這種孩子不可能做得到』的自己。」

「並非只是如此吧？汝這位大爺想要小女孩之心情亦是真物。」

「想要小女孩……？」

「抱歉，吾口誤。汝這位大爺想要拯救小女孩之心情亦是真物。」

可以別在這麼美好的臺詞口誤嗎？

居然說「抱歉，吾口誤」……就算八九寺沒機會說這句臺詞，也用不著由妳來說。

妳們簡直組織了堅定的同盟。

「慢著，這不是很好嗎？吾沒要責備什麼喔。因為這種事同樣重要。認為『做不到』而逃走之記憶會一直死纏不放。接下來一輩子都背負這種意義亦很無趣吧？」

「忍……」

「哎，所以啊，吾想表達之意思不是責備，不是抱怨，亦不是抓準這個機會批判。」

妳說了好幾種具體的意思，其實妳也真的這麼想過吧？

「汝這位大爺沒受到教訓，再度在沒人拜託之狀況介入他人家庭，可能會在內心留下更嚴重之心理創傷，吾是想苦口婆心提醒這一點。苦口婆心——苦口幼女心。話說在前面，前班長的那個案例，可不是家庭問題的最壞案例喔。」

不愧是和人類共存六百年的怪異，說的話就是不一樣……哎，那個案例與其說是羽川家特殊，不如說是羽川這個人特殊。

「大學一年級還算早吧？若要克服汝之辛酸記憶，可以再等一段時間吧？」

「小女孩不會等我吧？」

「那當然，小女孩之成長不會等人。」

「不，我不是這個意思……小女孩不會等我成長吧？因為這是此時此刻發生的問題，是『只在這裡說的祕密』。辛酸的記憶不會像是乳牙自己脫落。人類年滿十八歲之後得強迫自己成長才行。」

即使逞強，也得逼迫自己變強。

011

各位或許已經隱約察覺，我開的車不是我買的。至今這麼久的期間，我一直堅稱這是我勤快打工，以實惠價格買下清倉二手車，再反覆翻新成自己喜歡的樣子，但我現在要承認我是在打腫臉充胖子。

這是父母買給我的新車。

其實我想繼續騙下去，但我要承認自己是十九年來一直依賴父母呵護長大的傢伙，所以鼓起勇氣坦承這一點。

為求完整我要補充一下，我對腳踏車的愛毫無虛假，但我真摯說起這部分會說很久，就容我大幅省略吧……總之，我這個由父母幫買車子的大少爺，對於這輛車抱持的期待，就是希望能當成強力的代步工具。不誇張，我想藉此擴展眼前的世界。

實際上也擴展了。感覺只要有這輛車，我可以前往任何地方。

嗯，總之，當然比不上影縫用慣的代步工具——斧乃木余接的「例外較多之規則」。

以影縫的狀況，她受到「不能行走地面」的限制，所以不該和我擺在一起做比較，不過那個人明明不是小學生，卻應該是走圍牆的高手吧，說不定更勝於神原。

就這樣，我轉眼之間抵達鄰鎮。

如果是高中生時代，想抵達這個起點就要很久……嗯，光是這樣我就實際覺得自己能做的事情變多了。

只不過，幾乎不算是以我自身努力贏得的這輛交通工具，我還無法像是影縫駕馭斧乃木那樣熟練駕馭……應該說，還無法熟練停放。

是的。方便性也伴隨著某種制約……

汽車是車輛社會之王，不過既然是車就必須停車。

我該停哪裡？

騎腳踏車的那個時代，我鮮少遭遇這個煩惱……不，腳踏車當然也是應該停放在指定場所的輕型車，但是汽車的體積不一樣。

好，就停在這附近吧！

不能抱持這種心態。

要是違規停車被拖吊或是吊扣駕照會令我心痛，我也怕車子被偷……高中老師沒教的煩惱點滴累積。

即使如此，畢竟是深夜，所以造訪北白蛇神社的時候，我使用了停靠路肩的緊急手段（北白蛇神社是神明降臨的神社，所以沒有鄰接寬敞的停車場），但這是因為場所在山邊，不只車子連行人都很少，我才敢這麼做。

在住宅區就……對吧？

這裡連人行道或護欄都沒有，要是我隨便停車扔著不管，即使是深夜也可能有人報警（小女孩失蹤沒人報警，我卻被人報警，何其諷刺），即使沒報警，這樣停車也很可能造成車禍。

我曾經被車子撞過一次，當時真是一場悲劇……並不是其他人務必都要體驗的事故。

就這樣，在尋找紅孔雀之前，我得先尋找停車場……我找到二十四小時營業的motor pool，將車子停進去。

我知道「motor pool」是地區限定的用語，但我喜歡這個詞的語感。

唸成「motor pool」耶？

將車子停在停車場，這種莫名其妙的開銷……高中生的我可能會暴動。

問我停車費是從哪裡來的？

我沒打工，而且住家裡……哎，雖然我把紅口雲雀和自己的處境重疊，但那完全是我自大的想法。即使我在高中時代和父母不和是事實。

經過這樣的流程，雖然在移動以外的部分花了一點時間，不過總共用掉的時間是三十多分鐘。

夜還很長。

開始進行搜索行動吧。

「所以……汝這位大爺想從何處著手？依照迷路神明之指點，如果小女孩刻意在玩『捉迷藏』，要找到人大概難如登天……」

不受常識的束縛，所以可能以出乎意料的場所為據點，當時是這麼說的。不過，這始終是八九寺所指點內容的前半。

是前半，是開場白。

「嗯，意思是還有後半？」

「妳沒聽到嗎？妳不是在場嗎？」

「吾左耳進右耳出。」

他人的建言怎麼可以左耳進右耳出？我原本是這麼想的，但忍不是當事人所以在所難免……而且這傢伙不只不是當事人，甚至不是人類。

忍會關心我，卻不會關心紅孔雀……這就是這名可靠搭檔的界線。

也可以說是牆壁——是城牆。

若要這麼說，我嚴格來說也完全不是當事人，但是我必須以當事人的心態來面對，否則在這場「捉迷藏」沒有勝算。

前提在於這真的是「捉迷藏」……

「當時說到像我這樣成為大人……不對，成為青少年的『前孩童』，無法想像小女孩是以何種視角『離家出走』，基於小女孩不受限的想像力，必須把搜索範圍擴大到圍牆上或是水渠裡，相對的，八九寺也指點我如何縮小搜索範圍喔。那就是小女孩沒有代步工具。」

「代步工具……」

「別說汽車，肯定連腳踏車都沒騎……她身上應該沒什麼錢，所以計程車當然不用說，電車或公車肯定也搭不了。總歸來說，她肯定躲在自家周邊徒步走得到的地方。」

這我可能說過頭了。

這個推論衍生於我們斷定「乳牙是在失蹤的第二天放進信箱」的二號假設。不過小學五年級的雙腳肯定無法走太遠。

「排除腳踏車這個選項之根據是？小學生好歹會騎腳踏車吧？」

「這部分不能斷言，不過她是在放學途中失蹤。如果是回家一趟再騎腳踏車離家出走，我認為『只在這裡說的祕密』終究會提到這個情報。」

應該會加上「紅孔雀小妹的腳踏車好像不見了」這句話。詳細來說，她或許是騎腳踏車上下學，但如果是國中或高中就算了，孤陋寡聞如我沒聽說過哪間小學准許學生騎腳踏車上下學。

「我當然沒這麼認定。或許紅孔雀小妹撿了路邊棄置的腳踏車來騎，也可能大膽搭別人的便車。思考各種可能性的話會沒完沒了，但是我先試著盡量縮小搜索範圍找找看。」

這樣完全違反了俯瞰整體再逐漸縮小區域的基本尋人步驟，但是無法使用人海戰術的我只能這麼做。

搜索的基準，先設定成以紅口家為中心的半徑數公里範圍嗎？

「從地理熟悉度之觀點來看，差不多是此等範圍吧。如果小女孩之目的是讓漠不關心之雙親擔心她，或許會前往更陌生之土地……不過，汝這位大爺。」

忍這麼說——雖然她明顯沒興趣找小女孩，但好像姑且願意協助。

也就是在消磨餘生嗎？

「小女孩之活動據點不只是自家吧？雖然活動範圍確實很小，不過依照吾剛才聽到之內容……」

妳剛才明明沒聽進去。

「比起自家，學校更是小女孩之生活中心吧？」

「啊啊，對喔……這是盲點。因為我小學時代都沒好好上學。」

「不准假裝自己很叛逆。」

其實我小學的時候很正經。

蹺課習慣是在高中吊車尾之後養成的。

「那麼除了以紅口家為中心的搜索圈，還要設定以學校為中心的搜索圈……慢著，這樣不對。」

要是扯到學校，事情會變得複雜。

忍似乎只把自己的「找貓」發言當成拐彎抹角暗諷我的方式，不過在參考這段發言摸索小女孩藏身的方法時，提到「藏匿在朋友家」這個點子。

我認為實際上很難這麼做。

甚至認為不可能。

即使基於「保護」的名義，要是擅自把別人家的孩子藏在自家，「誘拐」的罪名將會成立……以老倉的狀況，我之所以相信她肯定會這麼做，是因為那傢伙以前真的由阿良良木家藏匿過。

那次的保護，也是因為我父母是警察，才獲准進行這種特別處置……也只能說是那個時代准許的。

要是現在做出同樣的事，大概會成為害我父母丟掉工作的嚴重問題……我基本上討厭『以前真好』這句話，但是在知識增加，各方面變得便利之後，人類社會逐漸完全失去開闊的心胸。

這種開闊的心胸，當然也是以往一直容忍家庭暴力或虐待的要素……

「不過，即使沒藏匿，如果她經常去學校朋友家玩，也應該考慮她對朋友家周邊的熟悉度。或者是經常和班上同學去玩的公園等地……嘖，我小學時代沒和朋友玩過，所以這完全是盲點。」

「這聽起來不像是假裝叛逆，是真有其事。」

「主要都在和妹妹的朋友玩。」

「汝當時就是這種傢伙嗎？」

沒想到妳會這麼說我……但我這陣子最常見到的人，確實不是大學的女友、朋友或兒時玩伴，是母校學妹的好友。

這可不行，得多找命日子玩。

老倉的租屋處，我也要更常去。

至於黑儀，反正會在終章見面……

「先不提我的交友範圍，即使以紅孔雀小妹的徒步走得到的地方為基準，搜索區域也可能依照她的交友範圍擴大……大概要加入學區？」

「總之，就是這麼回事吧。」

假設她就讀公立學校，應該可以立刻用手機的地圖應用程式查出來，再來就是確定這所學校的學區……學區範圍不必由斧乃木調查，我也可以調查（還是要靠手機），那麼紅口家必然也包含在搜索區域之內。

只不過，雖然我自認將搜索圈縮小到極限，搜索範圍還是比我想像的大……一個晚上查得完嗎？

或許不容易。

應該掉頭開車過來嗎……不，一邊開車一邊從車窗找小女孩太難了，因為前半的指點就說過，小女孩可能以車子進不去，甚至連大人都進不去的路線藏身。

「總之只能踏實仔細找了……這是挑戰。總之去紅口家之前先去小學吧。要是在紅口家撞見斧乃木小妹會很尷尬。」

「講得像是明明剛道別卻又湊巧搭同一座電梯耶。」

妳這比喻真是具體耶。

下車至今，手機依然一直交由忍操作……說來遺憾，對於現代文明的進步，這個幼女比我還要靈活應對。

012

紅孔雀說不定將據點設在小學裡？我抱著這個淡淡的期望，但是抵達目的地一看，這所小學——市立第四小學，和毫無愛情的校名相反，擁有非常嚴謹的保全觀念，令人想問究竟是哪個要素排名第四。

畢竟是這種時代，我早就猜到校門至少會設置防盜攝影機，不過牆壁上也鋪設蛇腹型鐵絲網。雖然我覺得不會，但是這股洋溢威容的魄力，令人覺得鐵絲網或許接上了高壓電。

即使小學生身手再矯健，膽子再大，應該也不會想入侵這裡棲身……哎，這個推理應該已經被常識束縛，但我也不想在一開始調查時就觸動警鈴。

警衛趕過來的時候，我不知道該如何說明。尤其是坐在我肩膀的金髮金眼幼女。
「別讓吾坐肩膀不就好了？」
「妳在那麼高的位置看得見什麼嗎？」
「不准把坐肩膀硬是說成搜索行動。」
斧乃木的調查行動也一樣，無法依賴他人的目擊證詞，是非常不利的要素。
忍野在這種時候究竟是怎麼做的？那傢伙逗留在我城鎮的時候，是在蒐集怪異奇譚……不過那個沒沒無聞的大叔，要怎麼收集「只在這裡說的祕密」？
「總之沒辦法了。就在這個市立第四小學的學區，以螺旋狀的路線由外而內慢慢找吧。即使活動範圍不大，但在這有限的範圍內，紅孔雀小妹肯定想盡量遠離自己家吧。」
也就是不即不離。
如果是推理迷小扇，她應該會想到更有效率一點的找人方法，不過我只想得到這種的……萬一找到一半想到別的手段再改。
呼。一個晚上不知道能找到哪裡……原本想在天亮之前做完能做的事，不過或許連明天的白天也要用掉了。
「在高中時代發作之蹺課習慣完全沒改嗎？」
「這種病是一輩子的，會陪我一輩子。」

「陪汝一輩子的只要有吾就夠吧？反正汝和那個傲嬌姑娘應該會在學生時代分手。」

「烏鴉嘴。不過那傢伙最近確實勤奮向學，好像在大學找到自己該做的事與該走的路了。」

「和迷失自我之汝這位大爺截然不同。」

「我沒迷失。別說得像是要我在找到小女孩之前先找到自我。」

「吾還沒說就是了……話說啊，汝這位大爺。吾不討厭汝這種憨直想法，吾這個做奴隸的亦只需按照這個方針，不過在進行這種螺旋狀調查之前，要不要使用吾之能力？」

「嗯？妳的能力？我想想，是跟大腿骨有關的那個嗎？」

「搞不懂汝這位大爺為何對幼女之骨骼深感興趣，真恐怖。汝這位大爺之內心到底暗藏何種黑暗？」

暗藏小扇那樣的黑暗。

仔細想想，這聽起來也很恐怖。

「既然提到那個推理迷可能想出效率更好之找人方法，那不妨也聽聽吾之點子吧。」

「什麼點子？」

「以汝這位大爺現在之身體能力，確實無法承受人偶姑娘之『例外較多之規則』，但若不是那種毫不考慮安全性，適用於屍體之高速高空移動，先從空中觀察整個搜索區域，應該是可行之道吧？」

不只是俯瞰，乾脆鳥瞰是吧。

不過，斧乃木只能進行高速高空移動吧……即使多少可以微調，不過說起來斧乃木又不在這裡。

「忘了嗎？吾好歹也能飛上天空喔。」

啊。

對喔，前吸血鬼的忍可以長出像是蝙蝠的翅膀……不是斧乃木那種粗暴的火箭飛行，吸血鬼可以像是翼龍那樣飛行。

說起來，鐵血、熱血、冷血之吸血鬼——姬絲秀忒・雅賽蘿拉莉昂・刃下心就是以這種方式來到這個國家。

多達兩次。

渡海而來。

這傢伙還有過一次以特殊指令之大跳躍跳到南極的經歷。以雙重意義來說，這種渡海候鳥也太誇張了。

「原來如此。我剛才說騎肩膀可以提高視角，妳才會這樣靈機一動是吧。真是的，果然是塞翁失馬焉知非福。真想讓妳騎肩膀看看。」

「諺語用錯了，而且騎肩膀這種事平常都在做。」

「這樣啊，沒想到不是大腿骨，是和肩胛骨有關的那件事。」

「吾並非將肩胛骨變成翅膀。汝之想法很不健康。」

實際上應該是讓背部的肉變形為翅膀吧……這麼一來，或許不是翼龍或鳥類的翅膀，而是近似昆蟲類的翅膀。

如果我說到「背部的肉」或是「昆蟲類」這種字眼，忍可能會生氣，所以就繼續形容為蝙蝠的翅膀吧。

「而且啊，別抱太大之期待。如汝所知，吾現在失去大半之力量。無法飛得像人偶姑娘那麼高或是那麼快，近似利用風力飛行之滑翔翼。雖然動作靈活，但要當成交通方式差強人意。不過在現在，這樣反而合汝這位大爺之意吧？」

確實如她所說。

高速高空移動有死亡的危險，但如果是這種平穩的飛行，總之，只要當成逆向高空彈跳，稍微下定決心就能成功克服吧。

就能成功飛行吧。

從正上方俯瞰城鎮，可以消除地圖上看不見的死角，即使紅孔雀是捉迷藏高手，應該也沒計算到來自上空的視角吧？

借用吸血鬼的技能，以推理作品來說當然是不公平，但是既然攸關小女孩的安全，現在應該是作弊也無妨的局面……我這麼想。

因為並不是要傷害任何人。

說到作弊，如同忍的蝙蝠翅膀，現在也是我的視力派上用場的局面……視力變好是我身上毫不起眼的後遺症，不過除了用來衝下夜晚山路，現在也是派上用場的時機。

一般來說，即使鳥瞰整個學區，在這麼短的時間，無論如何也會看漏一些地方，不過只要我將視力發揮到極限，肯定能涵蓋相當廣的區域。

如果是高中時代的我，這時候應該會這麼說：

「好！為了讓我的視力更加提升，並且將蝙蝠翅膀飛行的紀錄更新到極限，忍，吸我的血吧！雖然會打亂供血（吸血）行程，但是別管這種事！」

但我終究學乖了。不能為了救人而不惜賭上生命……基本上不可以。

沒完全學乖？

無論如何，要是吸血這種行為被發現，面無表情的監視員可能會殺了我，所以我與忍只能以現在的身體能力進行。

「那就更換陣形吧。吾讓汝這位大爺騎在肩膀上，輸入指令進行大跳躍，然後吾在空中抱住汝。鳥瞰時間最多只能一分多鐘。吾會在指定區域像是雲雀般螺旋盤旋，所以汝也全力以赴吧。」

「居然能騎幼女的肩膀。太感恩了。」

「不准為這種事感恩。」

像是雲雀嗎……

哎，畢竟孔雀不是擅長飛翔的鳥，至少無法飛上高空。

孔雀美麗的翅膀是裝飾。

013

總是身體力行擔任少年成長小說敘事者的我，當然必須說明以美麗翅膀當裝飾的是雄性孔雀，但我忍不住希望身為女生的紅孔雀也能展現那麼顯眼的圖樣。

不過，從數百公尺上空（我覺得大概這麼高。順帶一提，斧乃木可以輕鬆跳到平流層的高度，有心的話大概真的可以跳到外太空，這種火箭式起跑真恐怖）俯瞰的結果，只知道這座鄰鎮多麼和平。

以鳥瞰，應該說鬼瞰的視角來看，城鎮迎接平穩的深夜來臨。住宅區的照明幾乎都熄滅，頂多只有路燈還亮著。

看不見任何人影。

這邊當然也有被對方目擊的風險，所以被幼女抱著在空中滑翔的我很慶幸現在沒有任何人影，不過這裡說的「任何人影」也不包括我在找的小女孩，所以找得不是很順利。

沒有啦，總之，如果離家出走擺脫束縛的小學五年級女生正在公園或巷弄裡開派對，本次事件就算是解決了，不過這樣也等於發生另一件麻煩事，而且我運氣沒好到能讓事件這麼快落幕，所以不順利就算了。

雖然只是大概，不過光是能掌握這個學區的區域構造，就是十足的進展……再來就看我這個沒有完美影像記憶能力的傢伙，能將現在從正上方俯瞰的視角維持多久。

畢竟我很健忘。

忍巧妙控制蝙蝠翅膀，降落在學區外緣的道路。雖然骨骼也很好，但我覺得那種像是薄膜的翅膀也充滿潛力。

「謝啦，忍。此行成為很好的參考。好啦，不過接下來才是找小女孩的重頭戲。得徒步在鎮上兜圈子才行。」

「簡直是蝸牛耶。」

忍收起翅膀之後說。

看得出她神色有點疲勞……不只是失去能力，還要抱著一個人飛行，應該不是容易的事。

在各方面辛苦她了。

「迷牛嗎……如果是吾，早就將這種蝸牛煮熟吃掉了。」

「既然累了，要不要暫時回到影子裡？」

比起騎在我的肩膀，這樣比較舒服吧。而且一旦被臨檢，是否帶著金髮金眼的幼女，給警察的印象會差很多。

「就這麼辦吧。」

看來我今晚害忍特別勞心勞力，幼女難得聽話，乖乖在我的催促之下沉入影子。

我感到過意不去。

雖然不能打亂供血（吸血）行程，但是明天或許還是特別提供甜甜圈當獎賞比較好。現在正在進行哪種促銷活動？

暫時沒了交談對象使我寂寞至極（深夜站在寧靜的陌生城鎮住宅區，任何人肯定都會是這種心情），不過某些事是只剩自己一個人之後才能做的——並不是要搞怪的意思。

即使沒帶著幼女，雖說這裡是和平地帶，但也正因如此，一個大學生在半夜徘徊是非常詭異的事。我當然不想被臨檢，也不想造成周邊居民的不安。

不是開玩笑，這種目擊的傳聞，或許會造就毛骨悚然的怪異奇譚。某些怪異是自古就有，也有某些怪異是全新誕生的。

每晚徘徊尋找小女孩的怪異。

真恐怖。

以往在深夜外出閒晃，也只會被認為「哎，就是這麼回事吧」不予追究，因為當時的我是高中生。

所以，我四處徘徊尋找小女孩的樣子，必須以健全的形式偽裝，為此我決定讓步，也就是放棄徒步搜索。

讓出步行的選擇。

決定用跑的。也就是假裝在慢跑。

像是在田徑跑道慢跑，描繪螺旋的軌道。

若要以健全的形式偽裝，天底下沒有比慢跑更健全的嗜好。在我的學弟妹之中，某個不健全的變態每天進行兩次十公里的慢跑，我就刻意別將她列入吧。不對，那個變態是因為每天都這麼做，才勉強得到世間的接納吧。

幸好我現在的服裝是球鞋、五分褲加上連帽薄上衣，總之雖然比不上正統運動服，卻也是具備運動風格的穿著。

老實說，這套服裝介於居家服與睡衣之間……即使是去見熟識的神明，我穿這樣也可能稍微缺乏敬意，不過現在可以活用了。

我對體力有自信，因為以吸血鬼體質強化過。雖然這也是作弊，但與其正當走在人生正道被逮捕，我還是寧願慢跑。

如果忍沒潛入影子，我就不能這麼做了……那傢伙的連身裙，我不敢說適合在深夜慢跑。

輕飄飄的。

這個偽裝計畫還有另一個優點。雖說理所當然，不過比起徒步尋找，用跑的可以大幅壓縮時間。

說到優點背後的缺點，就是原本縝密的搜索行動可能變得馬虎，不過就以後遺症的吸血鬼視力來克服吧。

在這個場合，是以動態視力駕馭大局。

我簡單做個暖身操（我打算依賴吸血鬼的力量，所以這是心情上的問題，是重要的問題）然後開跑。沒想到我這輩子第一次自主慢跑是這種形式，活久了果然什麼事情都遇得到。

聯想到蝸牛殼的螺旋軌道，我卻是用跑步的方式描繪，令人忍不住指摘個中矛盾的這種行為，我們就暫且別計較是非吧。

014

我花費兩小時，繞了鄰鎮一圈。

但我自己覺得大概繞了十圈（沿著田徑跑道愈繞愈小圈的螺旋軌道），跑出來的成績好到令我心想是否要加入大學的驛站接力賽隊（當然，我這樣已經跨越了不公平的界線）但是毫無成果。

事件也很難稱得上有所進展。

光是知道紅孔雀不在學區內，我跑得汗流浹背就有意義了……我很想堅持這個主張，但是這麼一來也等於已經無計可施。

依照八九寺的指點，我自認連正常來說會忽視的小角落都仔細檢視……卻成為了如果真的發現貓該怎麼辦的一趟慢跑。

既然不在學區內，那麼搜索範圍實質上變得無限延伸……雖然不想承認，但是將會變成我一個人處理不來的事態。

也就是束手無策。

「不過這張表情是還沒放棄的表情對吧，鬼哥哥。」

我在設定為慢跑終點的紅口家門前和斧乃木會合。應該說她在我的終點舉手擊掌迎接我。

就算妳面無表情對我這麼說……

我臉上是還沒放棄的表情嗎？

「色迷幼女呢？在影子裡睡覺？那傢伙就是有這一面耶。在別人努力的時候毫不猶豫跑去休息。」

「忍也為我努力過了喔。斧乃木妳呢？屋內搜索結束了嗎？」

「就是因為結束才在這裡等啊。因為我查得到鬼哥哥將這裡設為目標，正以螺旋軌道跑過來。」

她真的完全掌握我的位置情報耶。

這下子不能做壞事了。

「不過，在明知有女童監視的狀況下買A書，感覺格外刺激喔。」

「我覺得鬼哥哥格外與眾不同耶。別在明知有女童監視的狀況下買熟女的A書喔，我可不敢領教。」

「說正經的，成為十八歲的大學生，可以自然而然取得這種東西之後，人生確實變得有點乏味了。這也是失去的事物之一吧。所以斧乃木小妹，妳給了我很好的刺激喔。」

「別講得像是創作者之間的勁敵關係。我們的關係是監視者與監視對象。光是保護管束處分還不夠，最好收押。」

有怪異專用的監獄嗎？

「所以，怎麼樣？老實說，我滿期待的。」

使用「期待」這個詞不太得體……雖然拜託斧乃木調查紅口家的內情，不過和我的慢跑不同，她那裡沒查到任何問題，才是最理想的成果。

如果本次事件的結果是『傳聞不可信』，不知道該有多好……不過斧乃木的表情悶悶不樂。

哎，她一如往常面無表情，基於這層意義來說沒有情緒起伏。

「不太好。」

但是這句簡短的回答反映她的內心——前提是屍體有心。

「我是專家，是專業人士，對於這種祕密調查與支援可說是得心應手，雖然這麼說，但我是妖魔鬼怪的專家，是怪異現象的專業人士。我以一如往常的方式進行，卻覺得被迫看見了討厭的東西。」

「討厭的東西？」

「至少不能說看見了好東西。這次欠我一個很大的人情喔，鬼哥哥。」

她一邊說狀況不太好，一邊還賣我關子……紅口家內部呈現何種慘狀？

這個反應令我不禁回想起來。

回想起當時明明沒人拜託，我卻擅自潛入羽川家，擅自受到打擊，擅自混亂又錯亂，然後擅自逃走的往事……

「不過，我好歹知道人類的家庭各有一本難念的經。不必露出這麼不安的表情，接下來我會好好說明……在路上說。總之先離開這裡吧，我不太想久留。」

「啊，啊啊……」

我現在有種跑完全程馬拉松的疲勞感，又因為毫無收穫所以有種徒勞感，可以的話想休息一下，不過她說得對，最好避免在紅口家旁邊晃太久。

這個家——

就我所見頗為富裕又滿大的這間獨棟住宅，要是內部正在發生某些事，我們可不能成為在附近徘徊的可疑人物。

身為健康的慢跑員，我必須再度跑往其他地方……話是這麼說，但我姑且確認了門牌。

如斧乃木所說，門牌寫著父母的名字，還有兩個女兒的名字——紅口雲雀與紅口孔雀。

雲雀的名字以直線刪掉。

……這個處置挺狠的。用不著刪掉也關係吧？

總有一天，紅孔雀的名字也會以直線刪掉嗎？我瞬間這麼想，卻立刻將這種想像趕出腦海。

先離開這裡吧。

「那麼，斧乃木小妹，妳雙腿張開一下，我要往下鑽。」

「為什麼主動想學韓信的胯下之辱啊？在這麼嚴肅的場面，你腦袋壞了嗎？不對，記得你腦袋本來就是壞的。別跑太久跑到症狀惡化好嗎？」

這段吐槽好長。

雖然沒有顯露出來，但她狀況果然不太好的樣子，我好擔心。

但她可能會說「我比較擔心你這傢伙」。

「沒有啦，我說往下鑽是從後面，而且只有頭。妳說要移動，所以我想說讓妳坐在我的肩膀上。」

「這種事拜託只和色迷吸血鬼做就好。這樣一點都不算解釋喔，鬼哥哥。而且我是交通工具，不會被別人扛著走。」

斧乃木說。

「對喔。那就讓我坐在妳的肩膀好了……像是剛才忍對我做的那樣。」

「我不在的這段時間發生什麼事？要我用『例外較多之規則』把你驅逐到火星嗎？」

這種事也做得到嗎？

怪異奇譚不就變成科幻風格了？

「我對太空歌劇感興趣……但還是免了。那我們一起用自己的雙腳走吧。」

「可以的話我想分開走。好想在這裡解散。要去哪裡？」

「停車場。我車子停在那裡。那裡是每小時收費的停車場，所以沒事要做的話，我想趕快去領車。」

「真是錙銖必較。」

「不准說我錙銖必較。我是在妥善利用父母給的零用錢，對我這個大學生有點同理心好嗎？」

「沒有同理心這種東西。去打工吧。」

「搞啥啊，大家都像這樣動不動叫我去賺錢。」

「不對，應該去賺錢吧？你的語氣也令人火大，去給姊姊除掉算了。」

妳剛才也是這種態度吧？

真是的。

「鬼哥哥如果要打工，我想臥煙小姐隨時都會幫忙介紹吧。就像上次的『木乃伊事件』那樣。」

「在那個人底下做牛做馬，感覺不是很輕鬆……」

「別想讓自己輕鬆好嗎？光是有工作就該謝天謝地了。」

勞工真命苦啊。

何況在那個「木乃伊事件」的時候已經說好，我念大學的這段期間，臥煙再也不會出現在我面前——再也不會把我捲入麻煩事。

她完全不出現在我面前，我也會有點寂寞，這方面的內心很複雜，而且某方面來說，也可以解釋成她不會在我危急的時候搭救……可是在這時候主動求助的話，也會覺得這一切都在那位無所不知大姊姊的算計之中。

總之，無論如何，關於這次的事件，沒有嚴重到要請忙碌的臥煙指點迷津。

因為那個人和斧乃木一樣是怪異的專家，不是人類的專家，更不是小女孩的專家。

「說起來，我不認為臥煙小姐會規矩遵守這種約定。」

斧乃木說出這段不祥的預言，踏出腳步。

看來不必我帶路，她已經記住停車場的位置。

說得也是，雖然速度不一樣，但斧乃木來這座城鎮是用飛的，所以不只一次從上空觀察全景——

「…………」

「嗯？鬼哥哥，看你停下腳步，怎麼了嗎？知道了啦，既然這麼堅持，你就鑽我的胯下吧。我現在掀裙子，等我一下。」

「不是這件事。我忘了一個東西。」

「常識？良心？倫理？」

「搜索地點。」

015

我依照八九寺的指點，自認連一般不會找的各種場所都檢查過，卻疏於清查起點所在的停車場。

可以說我不該犯下這種失誤，也可以說很像我會犯的失誤。

無論怎麼說，我停好金龜車就立刻離開，所以那座二十四小時營業的立體停車場，我不敢說自己仔細看過。我自以為起點是市立第四小學，不過仔細想想，那座停車場才是搜索的起始點。

我沒能將「小學五年級」和「汽車」聯想在一起……八九寺明明百般叮嚀要小心，我卻還是這樣看漏，請她指點簡直沒有意義。

而且在慢跑的時候，我還把那座停車場當成「已經檢查完畢的場所」直接忽略，簡直沒救了……即使自詡做好萬全準備卻還是看漏。

看樣子，除了這座停車場，應該還有不少地方沒徹底確認。即使用了作弊手段，由外行人來找人果然還是很難吧。

「不過，拿停車場當成藏身處的思路不錯吧？畢竟死角很多，適合孩子的『捉迷藏』。」

「要說適不適合……」

死角很多，要是孩子躲在那裡，光是這樣就可以說是容易出車禍的要素。雖然是我難得在離開城鎮前一刻想到的候補地點，不過可以的話別猜中最好，這也是一種直覺。

希望小女孩別躲在那種地方。

不過事實上，無論從紅口家計算距離，或是從學校計算距離，那個場所都很理想。

停車場。

講得稍微詳細一點，是地上二樓、地下一樓的立體停車場，無人管理。主要都是附近居民在使用吧。

不確定紅口家是否會使用那裡……不過剛才看他們家好像沒車庫……

「屋子後面有車庫喔。裡面也停著一輛車。看起來像是報廢車。」

「報廢車？」

「感覺很久沒人開，甚至沒好好保養的車……驗車肯定不會過。」

斧乃木在直走的同時這麼說。

她知道停車場在哪裡，所以肯定也可以（使用「例外較多之規則」）扔下我先走，但她好像沒要這麼做，始終把行動的主導權交給我。

我個人受到衝動驅使，很想現在立刻再度用跑的趕往停車場，可是我的體力有點吃緊……就算用跑的，也會在抵達停車場之前喘不過氣。

總之，在想到這一點並採取行動之前，基於暫時冷靜的意義，我就一邊調整身體狀況，一邊先聽斧乃木提供情報吧。

畢竟離紅口家很遠了。

「所以，那輛報廢車算是象徵吧。我進去家裡一看，甚至懷疑這裡是否真的有人住。這個，該怎麼說……」

「難道是垃圾屋之類的？」

說到垃圾屋，我想到的是神原駿河的房間，但她那裡基本上只有一個房間。如果那種亂七八糟的混沌擴展到整間屋子，確實悲慘到不想正視。

廚房簡直不忍卒睹。

不過，既然是會棄養的父母，如果除了孩子，連其他事物都傾向於「棄置」的話，也沒什麼好奇怪的……嗎？

只不過，斧乃木這麼回答。

「不是垃圾屋。只是空蕩蕩的。達到不舒服的程度。」

「空蕩蕩……」

「不是剛搬進去新家的那種氣氛。形容為『棄置』或許正確。房子蓋好之後就這麼閒置的感覺。懂不懂？」

如果問我懂不懂，我只能回答不懂……因為這種奇妙的建築物，我沒看過也沒聽過。

維持全新的中古獨棟住宅。

據說屋子只要沒人住，很快就會損傷……可是，紅口家——一家四口在那裡生活吧？

「或許沒在那裡生活。生活的據點在其他場所。不是把那裡當成別墅，對，是把生活的重心放在職場或學校。」

「……」

先前認為紅孔雀的重心可能在小學，這個胡亂猜測的基準或許大致沒錯嗎？

不對，不只是大致沒錯……我覺得正中紅心。

我一點都不高興就是了。

「雖說空蕩蕩，總之也不是什麼都沒有。不過，鬼哥哥，東西明明不多卻很凌亂，你懂這種感覺嗎？」

斧乃木以毫無情感的語氣問我，看來她看見某種不得了的光景……雖然和以往一樣說得毫無抑揚頓挫，聽起來卻隱約像是忿恨不平。

東西明明不多卻很凌亂……

我覺得非比尋常。

神原的房間是東西很多而凌亂，但若是相反的狀況，老實說我難以想像。

如果我親眼看見這種屋內光景，恐慌症狀或許會再度發作……

「唔。斧乃木小妹，也就是說，父母兩人不在家嗎？妳沒遇到他們？」

「他們在睡覺。在寢室。那是寢室嗎？在空蕩蕩的房間，鋪上看起來方便搬運的薄被子。不過父母兩人是分房睡。」

這情報我光聽就感到一陣寒意。明明不是特別在講什麼鬼故事，我卻覺得毛毛的。

分房睡——記得這叫做家庭內的分居？不，這樣推論再怎麼說也太武斷。就算是夫妻，也沒規定必須睡同一個房間……所以在這個場合，問題在另一件事。

明明女兒可能被誘拐，至少已經失蹤，他們卻睡得香甜，也沒察覺有人非法入侵，這種舉動的問題比較大。

其實他們沒做出任何舉動。因為在睡。

「…………」

「說到死角，屋裡沒有能躲的死角，我原本甚至以為潛入搜查會是難關，卻完全沒這回事。沒有盲點，因為根本沒有能看的東西。不過，因為連調查對象都沒有，所以不能說調查有進度。但光是這個情報，要說十分足夠也沒錯吧？」

嗯，十分足夠。一千億分足夠。

難怪我剛才慢跑的時候，她舉手擊掌迎接。早早結束調查是有原因的。

這麼一來，放進信箱的門牙，很可能是失蹤當天就放的……既然那家人過著這種生活，那也可能沒有勤於每天看信箱。

即使是在第二天發現，卻是在第一天寄件……這麼一來，調查停車場就沒什麼意義了。

「……我確認一下，不只是父母的寢室或客廳，女兒們的房間也幾乎是空蕩蕩的，沒錯吧？」

「嗯。有看到姊妹使用同一個房間的痕跡。」

所以兩個女兒並不是沒分到房間，也不是睡走廊。

這當然不太算是能當成慰藉的要素……只不過，姊妹同房共處的這個推測，感覺稍微成為我內心的救贖。

分房睡的父母。

同房相處的姊妹。

比起從日傘那裡聽來的印象，這對姊妹的感情或許更好。

「這麼一來，姊姊留下妹妹離家的這件事成為何種導火線，或許是接下來的焦點。話說回來，鬼哥哥，小隻骨感妹的相關資料雖然完全不齊全，但我或許知道姊姊雲雀的下落了。」

「咦？可是，我覺得關於姊姊的情報才真的無從取得。因為她離家了。」

即使有少數的私人物品，應該也帶走了……還是說她留下某些東西？

「與其說資料，應該說也是痕跡。房間牆壁留下貼過紙張的痕跡。」

「貼過紙張？是貼海報嗎？」

「不太一樣。鬼哥哥不記得嗎？你直到今年春天都是考生吧？沒在牆上貼過『目標！偏差值25！』的紙張嗎？」

「志向也太低了。」

不過，原來是這種貼紙。

哎，這算是某種符咒之類的東西……我對符咒沒什麼美好的回憶，所以沒做這種像是自我暗示的行為，不過應該很多考生會做吧……考生？

「那麼，姊妹的房間留下這種貼紙嗎？」

「貼紙本身撕掉了。不過大概是墨汁還沒乾透就貼，文字隱約印在牆上。姊姊雲雀看起來是個急性子。」

「不過，貼這種激勵的標語，後來撕掉離家出走，那麼紅口雲雀當時是考生對吧？換句話說……」

不是找到工作或是外出旅行，而是正在就讀某所大學？不過，也可能是考試慘遭滑鐵盧，一氣之下撕下貼紙扔掉……

只是，即使她現在是大學生，也不知道是在哪一所大學。我聽說過日本有七百所以上的大學。國外大學的可能性也不是零，所以不可能鎖定。

只能問問看水戶乃兒嗎……可以的話，我不想用這個方法。我不希望水戶乃兒知道我擅自行動，也不想波及她。

「先不提水戶乃兒這個稱呼逐漸定案，鬼哥哥，我認為不必這麼做喔。因為雖然不知道她是否考上，但我知道她的第一志願。」

「為什麼？」

「因為印在牆上的文字是這麼寫的：『目標！曲直瀨大學！』」

016

在五環理論之中，紅口雲雀原本應該處於「朋友的朋友的朋友」這個位置，卻可能是和我念同一所大學的學生。這份巧合使我不禁發毛。

像是靈異故事的最後被說「就是你！」那種不自在的感覺。難以承認事實比小說還離奇。

與其說是離奇，不如說是怪奇。

總之，如果是就讀同一所高中還很難說，但是大學的學生人數很多，不一定連學系都一樣，這種程度的偶然，真要說的話是有可能的。

只不過，揚言離家出走卻選擇曲直瀨大學，這個距離可說是不上不下……明明可以斷然前往大都市打拚，曲直瀨大學和這座城鎮的距離，是只要有心也可以從自家通學的距離。

開車通學屬於興趣的範圍，我也打算將來一個人住，所以這個選擇也不到奇怪的程度就是了……難道是因為擔心妹妹？

雖然想離家，卻也不想離太遠。或許是希望家裡出事時趕得回來，所以選擇曲直瀨大學做為妥協點。

「差不多是湯還不會放到涼透的距離嗎？不過家裡很冷清，待在裡面沒冷死就不錯了……好啦，鬼哥哥，我們到了。」

聽著斧乃木說明調查結果，我感到意外而且不是很舒服，就這樣不知不覺抵達停車場。

立體停車場。

我的車子停在樓頂……雖說以小時計算的停車費能省就省，我也不能在這時候先去把車子開出來。

這暫且是最後的搜索，所以得仔細檢查才行……即使得不到成果，我也期許自己可以盡力而為。

從地下樓層開始吧？我不經意這麼想。或許只是被「潛入」這個詞的印象所影響吧……

「既然都幫到這裡了，唯獨這個場所，我也來幫你搜查吧。我想做點事。」

她大概是想藉由工作，消除剛才看見紅口家內情所受到的震撼吧……這份勤勞精神令我佩服。

哪像我，當時潛入羽川家回來之後，我是哭著找妹妹安慰我……現在回想也覺得那樣很丟臉。

我沒理由拒絕，所以先和斧乃木確認入口附近張貼的停車場平面圖，然後決定各自的路線分頭搜索。

要是小女孩衝出來就可以夾擊，這是狩獵的手法。不對，就說了，這種說法會造成誤會。

這座立體停車場不算大，卻停了很多車，所以死角真的很多……地上兩層、地下一層，再加上樓頂，大概可以停幾輛車？

一層樓五十輛的話，總共兩百輛？

雖說現在是深夜所以沒停滿，不過這些車輛產生的死角，如果要全部檢查一遍，即使兩人合作也會忙到天亮吧？就算斧乃木速度再快……

天亮也無妨吧。只不過是用掉一整晚。因為無論有沒有成果，今晚能做的事也到此為止。

話說回來，深夜的停車場內部（而且是地下樓層）不只陰暗，電燈也有點閃爍，真的是最適合「捉迷藏」的場景。

我甚至深深詫異自己為什麼沒想到一開始先找這裡。

燭臺底下反倒黑。

早知道一開始先找這裡……我當然沒這樣後悔。畢竟即使這麼做，也不會因而找到紅孔雀，後來還是得勉強忍帶我飛行，我也還是得跑遍全鎮。

應該還是會做同樣的事，只是順序不同罷了。會變成先找遍停車場，再飛上天空盤旋，然後跑遍全鎮吧。

像是蝸牛那樣。

不，我並不是在說搜索停車場很辛苦卻毫無成果。

反倒獲得成果了。

不過，正因如此，所以我覺得後來我還是會做相同的事，還是會飛遍全鎮、跑遍全鎮吧。不過是基於另一種用意。

從結論來說，我們在停車場二樓的安全梯區域發現紅孔雀了。正確來說是紅孔雀的「一部分」連同她的隨身物品被我們發現。

二樓通往樓頂的階梯平臺，散落著書包、童裝上衣、吊帶裙、內衣、襪子、校鞋與黃色的鬱金香帽。

還有十九顆牙齒。

017

不妙。

我是在碰觸之後察覺這一點。比起直接碰觸小女孩當然好得多，但我沒戴手套就碰觸失蹤小學五年級學生的隨身物品，怎麼想都很不妙吧。

何況是暴露在外的牙齒。

「指紋……」

啊啊，可是為時已晚。

我確實拿起來了。

至少要忍住嘔吐感，不能更加破壞現場，要努力抱持現場完整。你是警察的兒子吧？

你至今克服過多少難關？

曾經和吸血鬼相互廝殺，和貓交戰。

蟹、蝸牛、猿猴、蛇、蜂、騙徒、屍體、陰陽師、不死鳥、眷族、人偶師、專家總管……還有神、闇，這些你不是都對峙過嗎？

別驚慌，別失措。

要展現你成長之後的模樣。

「不過鬼哥哥，我覺得這時候驚慌失措也沒關係喔。我內心也不舒服。」

斧乃木這麼說，聽起來不像只是在安慰——她正以一根手指支撐著差點踩空階梯的我。

從地下到樓頂，將立體停車場內部搜索一遍之後，我與斧乃木在我樓頂停車的位置會合，最後一起調查電梯旁邊的安全梯——從地下依序調查各樓層，最後走安全梯到地下。

這是一開始就決定的路線，老實說，我在這時候已經快要放棄，卻在推開軋軋作響的逃生門，踏入安全梯的瞬間，看見階梯平臺的這副模樣。

「雖然毫不掩飾，卻意外是個盲點……二樓就算了，車子停在樓頂的人，只會在緊急的時候使用安全梯吧。」

重點在於「二樓通往樓頂的階梯平臺」……看起來沒有隱瞞的意思，但要說是死角確實是死角。

而且就我所見，安全梯沒設置防盜監視器，當成藏身處還不賴。

但是，不是當成離家少女的睡床。

是當成誘拐犯的根據地。

沒什麼，我剛才自大逑說的推理，終究只不過是我的一廂情願。因為即使是小學生，乳牙有可能一下子全部脫落嗎？

多達十九顆。

合計二十顆。

所以放入紅口家信箱的門牙，只不過是許多乳牙的其中一顆……是今後打算繼續寄過去嗎？

不對，就我所見，誘拐犯應該已經放棄這個據點。該怎麼說，這個現場就像是「隨意扔棄不需要的東西」。

不需要的東西……

紅孔雀的隨身物品、衣服、牙齒。

大概是受到粗魯的對待，書包裡的東西散落滿地，衣服也是到處破損……這裡到底發生過什麼事？

居然拔光牙齒，這個行為有什麼意義？如果不是用來威脅父母……那麼威脅反倒是附加的？

犯人只是想拔孩童的乳牙？

「居然會這樣。我原本只是想找到離家出走的少女，最後卻證明這是誘拐案件……我在搞什麼啊？」

我要冷靜。

確實，我現在的心情像是被迫看見這個世界的所有絕望，但是還殘留著一絲希望。

散亂的隨身物品，以及十九顆牙齒。即使沒有完全影像記憶能力，大概也一輩子忘不了這次的影像體驗吧，但是我還沒看見小女孩的屍體。要說這是慰藉也太慘了，即使如此，被誘拐的少女不一定已經遇害。

她還有救。還有。

「不過，會就此收手對吧？」

此時，斧乃木在咬緊牙關的我身後——在還有牙齒可咬的我身後，以毫無情感的語氣這麼問。

依然以一根手指支撐著我。

「鬼哥哥的表情看起來還沒放棄，不過之前是這麼說好的吧？『只在這裡說的祕密』確定是誘拐案件的時候，要選擇③交給警方處理，斷然抽身而退，對吧？接下來就是報警，然後做結。對吧？」

「可是，斧乃木小妹……」

「對吧？」

「…………」

我……無話可說。

018

「所以？曆，發生了什麼事？如果不介意告訴我，我就聽你說吧。」

「這次真早！」

隔天，曲直瀨大學校內的露天咖啡廳。我和高中時代開始交往的女友戰場原黑儀共進午餐。

我原本想約命日子，但是找不到她，不得已打算今天一個人吃飯的時候，接到黑儀來電。

「就說了，約命日子同學的順位不准比我優先。你到底多渴望交朋友啊？你經常去老倉同學的租屋處，我心裡也絕對不是滋味喔。最近你不是也經常和神原的前隊友玩在一起？」

黑儀噘嘴說。

唔。

從她的樣子來看，應該是神原打小報告。

大概連日傘來我家，單獨和我開會討論如何解決女子籃球社問題的這件事也告訴她了。

原來如此，所以今天才會叫我過來啊。

看她好像真的會動怒，我無從回嘴……後來我還去找八九寺與斧乃木玩，這件事看來最好瞞著她。

不只是因為會招致不必要的誤解，還因為下了封口令……搜查當局下的。

我還以為會像是捅到蜂窩般鬧得天翻地覆，但即使我在斧乃木的催促之下報警，世間依然祥和。

別說「天翻地覆」，報紙或電視新聞都還沒報導這件事……正如我當時聽日傘說完首先想到的，這就是所謂的「報導協定」吧。

總之，目前只發現隨身物品以及肉體的一部分，說穿了，當事人依然下落不明，所以無論如何，要是演變成「天翻地覆」不太妙，媒體大概是這樣判斷吧。

我也贊成。

如果紅孔雀還活著……還沒遭到毒手，那麼對於凶惡無比的犯人，連半點刺激都不能給。

既然已經找到那麼多證物，誘拐犯應該會很快落網吧……再來就是和時間的戰鬥，是攸關小女孩生死的問題。

情報之所以封鎖成功，恕我直言，也多虧第一發現者是我吧。正確來說，是多虧我的父母任職警界又屬於幹部階級。

這我必須不情不願地承認……否則以當時的狀況，我被當成犯人也不奇怪。

封鎖的不是情報，是我。

畢竟我弄亂現場，留下指紋，還專程前往鄰鎮，在人們基本上不會去的立體停車場安全梯，發現小女孩的痕跡。我原本想說乾脆匿名報警之後離開現場，不過這個選擇怎麼想都會令我深陷泥淖。

最壞的狀況，甚至會連累八九寺、斧乃木與忍。協助搜索的她們三人組，我應該要怎麼說明？

分別是少女、女童與幼女，而且都不是人類。

「我會向臥煙小姐說明，所以鬼哥哥確實以本名報警比較好喔。」

斧乃木是這麼說的，所以或許也是因為臥煙暗中說情，我才能全身而退……四年內不出現在我面前的約定，早早就開始淪為形式。

話說，我這樣好丟臉。

借用父母的光環，接受臥煙的幫助，這簡直和高中時代沒有兩樣吧？

不對，與其說是被當成不良學生的高中時代，應該說我退化到放蕩不羈，愛玩「正義使者遊戲」的國中時代。明明連栂之木二中的火炎姊妹都解散了。

好想實際感受到自己的成長。

總之，關於我擅自觸摸證物以及深夜外出，當地警局都沒特別責備，只問了發現時的狀況以及我的聯絡方式，就在凌晨放我離開。我假裝成正經的大學生說今天第一節就有課，這應該還在可以容許的範圍吧。

……不過，我在上次的「木乃伊事件」也想過，臥煙的人際網路也深達警界內部嗎？這次的誘拐案件，明明和怪異沒什麼特別的關係，臥煙卻發揮強大的影響力……總不可能是為了幫我而預先按部就班做準備吧。

但願她不要打什麼鬼主意……

「抱歉，黑儀，還不方便說些什麼。說正經的，這攸關人命。」

「嗯？這樣啊。和那個金髮蘿莉奴隸有關嗎？」

「蘿莉奴隸相關的玩笑話，我現在沒什麼心情笑。」

「聽到蘿莉奴隸都笑不出來，真嚴重。看來我確實太早出場了。這不像我的作風，是我操之過急嗎？」

黑儀說完面不改色起身。感覺到危險就避免深入，了不起。

不愧是曾經在女高中生時代，朝四面八方繃緊神經過了兩年多的生活……不過現在則是成為花樣女大學生歌頌著青春。

「我接下來有課，所以先告辭。古典金融學的教室好遠喔。你慢慢吃吧。事情解決之後麻煩告訴我。你自己要小心喔。」

黑儀說完以右手比出勝利手勢，先指向自己的眼睛再朝向我。這是「我在監視你」的手勢。

妳外國影集看太多了。

說起來，我早就受到監視了。

「唔……可是，就算妳要我小心，這個事件不會對我造成危險啊？」

「不過……」

黑儀說。

「你不會就這麼袖手旁觀吧？因為你是阿良良木曆。」

019

「請問一下，這裡沒人坐嗎？」

黑儀離開露天咖啡廳數秒後，有人要求共桌，時間點簡直像是早就在旁邊監視許久。

店內客滿，所以一直在等位子嗎？我原本這麼想，卻不是這樣……午休時間的露天咖啡廳確實很多人，但是還有零星的空位。

是身穿求職套裝的女孩子。

不是女孩子嗎？

畢竟她的年齡……看起來比我大，既然穿著求職套裝，那就是開始找工作的四年級……不對，感覺她穿得不太習慣，所以是三年級？

無論是三年級還是四年級，對方都已經成年，所以說她是「女孩子」很失禮吧。

最近的風潮好像未必如此？

「沒人坐。」

總之，既然黑儀像是忘記上場的舞臺劇演員般快步離開咖啡廳，我只能這麼回答。

「謝謝。」

求職套裝小姐點頭致意之後坐下。

獲准就坐才坐下，令人覺得她果然正在找工作。

高年級學姊嗎……我不久之前才從最高年級轉職為新生，所以還不太清楚如何應對大學的學長姊。

怎麼回事，是社團招生嗎？但我以為那個時期已經過了……還是她已經找到工作，所以在找繼承人？

這個人究竟從我身上看出什麼天分？在我心神不寧的這時候，服務生前來點餐，求職套裝小姐說「我要咖啡，請給我黑咖啡」點了飲料。

「初次見面。我叫做紅口雲雀。」

然後她自報姓名。

紅口雲雀？

好像在哪裡聽過……我終究不會這麼想。

我昨天才聽過這個名字，而且也看過這個名字寫在門牌上。不過已經以直線刪掉了。

「紅口……學姊？」

「啊，直接叫我紅口就好。因為我們同年。」

她這麼說。沒錯，應該是這樣才對。

我的學妹日傘星雨的隊友樟腦水戶乃的國中時代學姊紅口雲雀，應該和我同年才對。不是學姊。不是三年級或四年級……也沒成年。

既然這樣，為什麼穿求職套裝？

「因為求職活動已經開始了。」

她這麼回答。

真的假的……我明明還沒擺脫高中生心態啊？「自我感覺良好」就是說她這種人嗎？

為了離家而不斷努力的人以及安穩住在老家的人，似乎有著這麼大的差異。

這麼說來，我聽說這方面的講座或讀書會都有在舉辦……我是聽剛才坐在那裡的戰場原黑儀說的。

我認為現在是最好的時間點，所以提一下黑儀入住的女生宿舍，那間宿舍正是這種場所。住在那裡為了將來而努力學習，算是一種私塾吧。

就像是白天上大學、晚上住大學，從一年級到四年級，和各種科系的學生共同生活，在其中切磋琢磨，精益求精。

啊啊，原來如此。

記得斧乃木說過，紅孔雀的姊姊，將這所曲直瀨大學當成第一志願……

也就是她順利考上了。可喜可賀。

「請問您是阿良良木曆先生吧？」

紅口雲雀說我可以直接叫她的名字，卻以禮貌的語氣加上「先生」稱呼我，給我矛盾的印象。

應該說，我覺得她語氣太禮貌了。

找工作時的面試，一定要這麼低聲下氣嗎？比起「為什麼知道我的名字」這個疑問，我先對雲雀小姐——真要說的話是對紅雲雀的這種態度感到疑問。

唔唔？

「啊，關於您的事，我是聽樟腦水戶乃小姐說的。」

在我抱持疑問之前，紅雲雀先說明了。說明她認識我的原因。

原來如此。

是從五環關係反向查到的。

不對，但這單純是知道我個人資料的方法，不是想認識我這個人的原因吧？

她為什麼希望和我共桌？

妹妹被誘拐的姊姊，老實說，我原本想像是更可靠的人，但她看起來像是心神不寧，坐立不安的樣子。

雖然我這麼想，不過，說得也是……因為，如果她已經得知我昨天發現的現場——階梯平臺當時的樣子，如果確定是誘拐案件，警察已經出動……

將這個妹妹獨自留在家裡而掛心的姊姊，內心不可能保持平靜。

啊啊，也就是她想知道事件細節，利用人脈找上我？我是現場第一發現者的這件事，她是聽誰說的？

即使下了封口令，情報還是在會洩漏的地方洩漏了嗎……老實說，要說明那個現場的悽慘模樣，又是對受害兒童的家屬說明，這份職責令我內心沉重，可是現在這樣，我不得不答應接受這次的「問訊」。

雖然我是這麼想的，不過我這個拙劣名偵探的推理再度揮棒落空。不對，稍微擦到一點點邊，卻完全沒追根究柢。

紅雲雀眼神四處游移。

「阿良良木先生，請容我開門見山提出要求。您可以救救我嗎？我現在被懷疑是誘拐妹妹的犯人。」

然後她這麼說。

020

紅口夫妻在「女兒」失蹤的「第二天晚上」從「班導」那裡得知，卻還是沒請求搜索，即使發現寄送到信箱的「門牙」依然沒報警，原因似乎不是「反正應該是離家出走，肯定是想讓人擔心她，所以不必擔心」這種心態。

單純是害怕自己放棄養育義務的真相曝光，不想讓警方進入家裡——舉例來說就是即使小偷闖空門也不方便提交報案單。

因為他們至今一直將孩子棄置不理。

即使孩子成為犯罪受害者，依然棄置不理。

雖然說起來情何以堪，不過這在預料的範圍之內，或許犯人反倒是刻意鎖定這種孩子——鎖定不方便提交報案單的孩子。

這麼一來，拔掉門牙放進信箱的挑釁行為，是後來要勒索的伏筆嗎？不過目前還沒收到勒索信之類的東西……

「我……我也同罪。因為明知是那種家，我卻什麼都沒做。」

「…………」

若要這麼說，那我也同罪。

我沒和這樣的紅口夫妻商量過，在發現那個階梯平臺之後就報警，不過這種獨斷專行，我原本在先前聽日傘說明的時間點就可以做了。

先確認事實關係再說……按照課本內容的這種應對，或許害我太晚發現這個事態。如果我聽完「只在這裡說的祕密」立刻報警，犯人與紅孔雀在那個時間點或許還在階梯平臺吧？

要不是斧乃木再三催促，我現在或許還沒報警。我想到這裡就全身發毛。

「現在我家鬧得天翻地覆。」

紅雲雀說。

鬧得天翻地覆？「天翻地覆」？

奇怪，肯定已經簽下報導協定，不會成為媒體蜂擁而至的事態才對……

「不是媒體，那個，妹、妹妹的父親……生父找上門了。」

對喔，之前說過紅孔雀是前夫的孩子，所以有親生父親。

既然親生孩子被誘拐，他也會接到通知。

明明我報警才經過半天，事態卻好像進展得出乎我的預料。但我如果稱讚日本的警察很優秀，聽起來像是炫耀我的父母。

「然後，爸爸也聯絡上我，對我這麼說：『該不會是妳幹的好事吧？』」

「……………」

我沒想到這一點。聽她這麼說才首度想到。

姊姊擔心留在家裡的妹妹……這樣的姊姊可能過於擔心，將放學途中的妹妹帶走。

以劇情走向來說是有可能的。乍聽之下煞有其事。

不過，這樣的劇情沒回收「門牙放進信箱」的伏筆。

看過階梯平臺的那種慘狀之後，更不可能做出這種推理吧。而且這麼推理的不是別人，偏偏是親生父親。

如果是名偵探進行這種嚴厲又冷漠的推理，或許就應該獲得稱讚，但是以父親的立場這麼推理就很難說……

光是確定妹妹無疑被誘拐就是壞消息了，離家出走的自己還被家人懷疑，紅雲雀得知這件事時的心境是……

「不，總之，沒關係的。因為我知道他是這種人。不過，如果是我知道的那個人──如果是父親，肯定也會將這個推理告訴警察。」

黑咖啡送來之後，紅雲雀喝了一口，接著從糖罐拿了三顆方糖放進咖啡。不知道是因為咖啡比想像中苦，還是顯露出她慌張的一面。

「畢竟我也稍微想過……啊，不是誘拐。我開始一個人住的時候想過，能不能將妹妹……將孔雀一起帶走。」

「…………」

紅雲雀一邊說，一邊玩弄自己的長髮。站在求職的角度，感覺那頭長髮有點凌亂。總之，面對我這種人應該不必注重髮型，不過如果晚點去預定公司應徵，頭髮還是確實弄整齊比較好。

不，這是我多管閒事。

要是我說出這種話，可能又會莫名其妙演變成我幫女性剪頭髮的狀況。這是第幾人了？

「可……可是，我沒拔孔雀的門牙啊？絕對沒做那種事。是的，不可能。何況，那個，阿良良木先生看到的，階梯平臺……那個，雖然我還沒聽過詳情……可是報紙之類的也沒刊登……不過，爸爸說……」

紅雲雀結結巴巴說下去……她好像勉強故做鎮靜，卻明顯陷入混亂。

如果這是面試，她早就落選了。這時代的求職戰線聽說很嚴酷。

她像這樣展望未來，一年級就開始找工作，應該也是為了妹妹吧。為了曾經在空蕩蕩的屋子裡同房生活的繼妹。

心情愈來愈沉重。

不過，這麼一來，我必須將我看見的東西，告訴這個同年級的學生……因為她聽完父親提供的偏頗情報而不敢採取行動。

負責監視的斧乃木，已經要我允諾再也不涉入這個案件，不過只是這種程度的話沒問題吧？我如此說服自己。並不是有人求救而出手搭救，我要做的也僅止於此。

我由衷希望不要變成死亡二選一……不過身為一個人，這是理所當然的事。

「我只在這裡說個祕密。」

我以此做為開場白。

我當然不能提到極小怪異三人組的事，不過關於我聽完日傘的說明，坐立不安，動身尋找失蹤的小女孩，最後找到停車場安全梯的這段過程，我盡量據實以告，詳細說明。

基本上，我在昨天深夜的警局裡也說明了這段過程，不過現在重新以客觀態度說完，我真的好想問自己到底在做什麼。說正經的，當時警方直接成案逮捕我也完全不奇怪。

「原來是這樣啊……這下子，真的讓您見笑了。」

紅雲雀聽完說明，向我低頭致意。不，這不是妳需要道歉的事。

妳這樣真的很像是誘拐犯。

還是說，她說的「見笑」是紅口家的內情？斧乃木特務的事情我特別小心保密，所以完全沒提到她的非法入侵。總之，也包括其他的部分吧。

「所以……總之，連我這麼可疑的第一發現者，都像這樣沒被逮捕，所以紅雲雀，無論妳父親怎麼說，我想妳都不會被逮捕。」

「紅雲雀？」

啊。

我說溜嘴了。

「抱歉抱歉……對第一次見面的對象取綽號，算是我的壞毛病。」

其實是日傘的壞毛病，但這時候只能由我背黑鍋撐過去。

「這樣啊……小學時代，大家是叫我紅生薑。」

「紅生薑？」

「啊……」

紅生薑……更正，紅雲雀說完立刻捂嘴。

看來她不小心說出她不太喜歡的昔日綽號……真要這麼說的話，我自己也覺得紅雲雀這個綽號不太好。

紅孔雀這個綽號太根深柢固了。

「紅孔雀……聽到這樣的稱呼，我妹肯定也會很開心吧。」

「聽到妳這麼說……」

日傘也會很開心吧。

「她肯定還活著」或是「她當然會平安無事」這種臨場安慰的話語，看過那個階梯平臺的我實在說不出口。

在現在的時間點，她也遭受相當悲慘的際遇。放學途中被抓走，監禁在安全梯，衣服被剝掉，牙齒全被拔掉？

犯人給予的這些痛苦，即使是不死之身的吸血鬼也無法面不改色吧。何況她在遭受這種對待之前，也完全不是處於幸福的顛峰。

空蕩蕩的家。棄養。

被棄置不理的孩子——被棄置不理的人生。

以及姊妹。

「阿良良木先生，您覺得怎麼樣？」

「呃……妳在問什麼？」

我最怕聽到「您覺得我妹是否還活著」這個問題，但紅雲雀不是問這個。

「您不是為了素昧平生……為了一個只聽過幾句傳言的小女孩，不惜去了鄰鎮一趟嗎？反觀也有父母即使女兒沒回家，即使覺得只是迷路，也沒採取任何行動。您覺得這種世界怎麼樣？」

問到「世界」是吧。

我對這種世界有什麼想法呢？

老實說，看到那個階梯平臺的時候，我覺得世界背叛了我。

我不會說自己至今活在和平、安穩，誰都不會受傷，如同像是被溫暖棉被包裹的世界，自認經歷過悽慘的地獄或惡夢。即使如此，我內心某處還是相信這個世界。

我深刻覺得自己活在安全圈。對於有人傷亡或全身是血，依然當成某個不同世界發生的事。

是的。我把怪異從這個世界分割出去了。

明明至今總是體認到怪異離自己多麼近。

彼此的距離不到一道牆的厚度，甚至不到一張紙的厚度。

我之前所說「擴展眼前的世界」就是這麼回事？不對，不是這樣。

像是羽川的事件或是老倉的事件，本質上都和怪異完全無關……別把任何事情都推託給怪異，忍野不是提醒過很多次嗎？

所以現在立刻改掉吧。別再假裝自己高中畢業至今首次察覺這個世間。這個世界不溫柔。

真的讓人見笑。

「…………」

……這麼說來，忍野處理羽川家問題的時候，真要說的話，我覺得他不是站在羽川這邊，比較站在棄養羽川，後來還對羽川施暴的父母那邊。

當時是高中生的我，因而覺得「所以我才討厭大人」……不過那個中庸主義者或許是想告訴我，對於那些沒資格當父母的人，不能只是單純責備他們沒資格當父母。

我還沒能達到那個境地。

頂多只敢問出父母的名字。

「不好意思，請問在下不才我問了奇怪的問題嗎？」

「不……我覺得妳問得很正經。」

雖然覺得自稱「在下不才我」很奇怪，但我別說找工作，連一張履歷表都沒寫過，也不能對這位走投無路求職小姐的用詞說些什麼。

不然乾脆用用看吧。

在下不才我。

「『世界比想像的還要遼闊。』我能說的只有這些吧。會發生各式各樣的事情。只不過是高中畢業，人生不會因而結束。」

「只不過是高中畢業……嗎？」

我希望至少說得樂觀積極一點，安慰一下偏偏被父親冤枉的這位姊姊，不過紅雲雀陷入深思了。我該不會令她開始思考大學畢業之後的事吧？

說不定，她思考的是別說高中、連小學能否畢業都很難說的妹妹。我在這時候說「人生不會因而結束」這句話確實太冒失了。

我還來不及思考如何挽回剛才的失言，紅雲雀就抬起頭。

「阿良良木先生，謝謝您。我受益良多。」

開始做總結了嗎？

哎，反正我能提供的情報也只有這些了。

「那個，帳單……」

「沒關係，讓我請吧。到頭來我沒幫上任何忙，所以至少讓我表現一下。」

錢明明是父母賺的，我卻講得像是賣她人情。我真的是紈褲子弟。

「感謝相助。」

求職小姐這時候率直接受我的好意，最後再說一次「謝謝您」，踩著和身上衣服一樣穿不習慣的包頭鞋，有點不穩卻快速走出露天咖啡廳離開。在她離開的同時，我「嗯？」地冒出疑問。

不，對於她沒問「您覺得我妹是否還活著」這個問題，老實說，我才應該要謝謝她……但是取而代之的是以「您覺得這種世界怎麼樣？」這個正經的問題，這個前提不是很奇怪嗎？

她沒把擅自玩起偵探遊戲的我當成可疑人物，總之我覺得挺高興的……她之所以問這個問題，是因為提到棄養孩童的父母。

您覺得「存在著這種父母的世界」怎麼樣？

……如果不故作樂觀來回答，這個問題的模範解答應該是「不怎麼樣」，不過若要這麼問，應該把問題裡的「父母」改成「誘拐犯」吧？

棄養孩童的父母，我當然覺得差勁透頂，不過若要說紅口夫妻比那個誘拐小學五年級女生又拔掉她所有牙齒的誘拐犯還凶惡，我終究無法苟同。

即使有著「長期虐待」和「短期虐待」的差異，斷言「同樣是暴力」才是最粗暴的想法。紅雲雀詢問我這個偵探遊戲傢伙的時候，為什麼只提到自己的父母？存在著這種恐怖罪犯的世界，才應該被她拿來問吧？

——這下子，真的讓您見笑了。

妳這樣——真的很像是誘拐犯。

「…………」

不不不，沒這回事，沒這回事。

應該沒這回事吧。

過於恐怖的誘拐犯，她連提都不想提，我這樣解釋合理得多。「因為自己就是凶惡的誘拐犯，所以刻意避免提及」這種牽強附會的誤解比較不合理。

我現在這樣，根本沒資格責備那對姊妹的父親吧？姊姊明明是擔心妹妹的安危而找上我這個目擊者，懷疑她涉嫌的我根本是腦袋有問題。

還想繼續玩偵探遊戲嗎？

……只不過，假設她不是擔心妹妹的安危而來，是為了打聽搜查進度而接觸我這個現場第一發現者，以這個狀況來說，這個想法確實沒有突兀之處。

如果剛才回答的時候失敗，我這個目擊者早就被紅雲雀除掉了……？或者是我也會被抓去某處？我推理影集看太多了。我自認不常看，但肯定是不知何時沉迷於某個節目吧。

我在那個階梯平臺——或者是在尋找紅孔雀的過程中，看漏了某個查明真凶的決定性證據，所以我有幸不會被拔光牙齒……這種想法與其說是妄想，不如說已經是被害妄想。

擔心妹妹的姊姊，不可能拔光妹妹嘴裡的牙齒。我在短短五分鐘前不是滿腦子這麼想嗎？

為什麼不能率直同情她？

我這傢伙真是的。

早知道至少問她就讀哪個科系……為了消除只能說是低級誤解的這種猜疑，我很想現在追過去找她，但我忍住了。

只要開口問（究竟要怎麼開口問就另當別論）肯定會得到令我放心的答案，萬一沒得到，我也已經決定將這件事交給司法機構處理。

這是既定事項。

即使是剛才，我也踏入了毀約邊緣的灰色地帶……都已經進行了怎麼想都令人起疑的搜索行動，為了回報相信我的父母，也為了回報應該有幫忙袒護我的臥煙，我應該避免進一步輕舉妄動。

萬一紅口雲雀是誘拐紅口孔雀、施暴到慘無人道的真凶，我也無權制裁她。因為，只不過是某人殺了某人。

世界並不會就此終結。

021

「妳們擁有無限的可能性……如果能對妳們這麼說就好了，可惜我做不到。曾經是落魄高中生的我都能這樣好好升學了，所以對於比我優秀得多的妳們，即使我期許各位不要白白斷送自己的未來，應該也沒有說服力吧。

「妳們的學長沒有偉大到能這樣說教。我不知道妳們是聽神原或日傘學妹怎麼說的，應該說我大致想像得到，不過麻煩暫時忘掉那些謠言。

「所以呢，先從問候開始吧。

「直江津高中女子籃球社的現任社員們，大家好。

「我是阿良良木曆。

「我直到去年都就讀直江津高中，所以應該也有人曾經在校舍裡和我擦身而過。沒錯，就是基本上都走在走廊邊邊的那傢伙。我就是那傢伙。

「如果認識昔日高中生活大半時間過得鬱鬱寡歡的那個我，妳們肯定會心想『不要拿我和你這傢伙相提並論』，覺得我沒資格指點妳們吧。

「不，實際上一點都沒錯。

「我只是高中裡的前輩，實在稱不上是人生中的前輩。說到人生經驗，我只有國中水準。

「不像妳們確實享受著青春。

「真的，光是回想起來，我自己都討厭我自己。不過，我也不想讓妳們聽我發這種丟臉的牢騷。

「不久之前，妳們的其中一個夥伴，對我說了這樣的話。

「『青春的青比您想像的還要深喔。是黑暗般的深藍色。』『我們看起來像是在快樂享受青春嗎？看起來像是毫無煩惱的女高中生嗎？』

「我覺得這些是『她』的真心話，同時也代表妳們所有人的心聲……她說的『我們』包括全體社員。

「包括交情絕對不算好的對象在內，那個女生如此主張。我無從回應。

「所以我接下這份委託。不是因為神原拜託，也不是因為日傘學妹拜託。

「是因為『她』。

「而且我想向妳們道歉。

「想為妳們的誤解賠罪，想為我的自以為是贖罪。

「『青春也不輕鬆』這種意見，以前的我只解釋為『有錢人也很辛苦』這種程度，我想盡力抹除這樣的我。

「交朋友會降低人類強度。

「昔日為了躲在自己的殼裡，我準備了這種帥氣的藉口，卻不曾想像擁有朋友是多麼辛苦的事。擁有能夠一起努力的同伴，居然會削減自己的生命。

「不，實際上很輕鬆喔。

「不交朋友度日很輕鬆。

「很舒適。

「正因為知道這樣多麼奢侈，所以我想這麼說。妳們不能變得像我這樣。要是變得像我這樣，就會變得像我這樣。

「高中時代吊車尾的我，現在也變得這麼傑出——這種話我真的說不出口。這可不是當成前言的玩笑話。

「不是謙虛也不是自虐。

「是事實。

「我現在也是這副德行，即使成為大學生，也正在努力想要勉強取回高中時代的失分。高中生活這三年，我還無法說著『以前真好』回首面對。

「我正處於復健期。

「雖然影片要我談談自己的經驗，不過可以的話最好別從我這裡學東西。說一句讓妳們失望的建議，最好把每一件事做好。

「要把每一件事做好。

「唸書、玩耍、工作、休息、交朋友、談戀愛……這都是我沒做好的事。

「不可以覺得隨便也無妨。

「不可以覺得死了也無妨。

「更不能自己尋死。反正遲早會死，所以不必急著明天死。

「否則，妳們將會輕易變成我這種人。

「變成我這種怪物。」

022

「好！謝謝學長，我錄好了！」

隨著喊卡的這聲吆喝，日傘按下手機錄影功能的停止鍵。以剛才的時間點來看，日傘的開朗聲音是不是也錄進去了？

我明明難得不開玩笑正經說話……

「老實說，我希望能說得更積極一點！阿良良木學長真是的，還不是因為您說不想使用我準備的劇本！接待大牌ＶＩＰ累死我也！」

「因為妳寫的劇本，每五秒就放一個ＢＬ笑話啊？」

「相對的，每二十分鐘會講一次至理名言吧？」

「會錄太久啦，這是大問題。」

直江津高中女子籃球社復興企劃第一彈：「偉大過來人的影音訊息作戰」。

如我在訊息裡所說，「偉大過來人」已經是謊言，所以老實說，我不認為這個作戰會順利，不過這是日傘經手的計畫，所以我難以推辭。唯獨充滿ＢＬ笑話的劇本，我好不容易抵抗成功。

順帶一提，場所不是我的房間，因為黑儀警告過了。就算這麼說，去日傘家應該也不太妙，所以選擇了神原家這個中立地帶。

當然不是神原的房間（這個計畫過於突然，所以來不及整理），是借用寬敞神原家的其他房間拍攝。

所以，神原也參與這次的攝影，從另一個角度拍攝我的影片。好像是分成一號與二號攝影機，之後再剪接影片……明明是充滿手工感的影音訊息，卻用心到不必要的程度。

順帶一提，平常吵吵鬧鬧的神原至今不發一語，是因為她操作不熟悉的智慧型手機（手機是借我的用，神原的手機還不是智慧型）就沒有餘力……她繼續拍攝我與日傘的互動，大概是關不掉錄影功能吧。

要是直接拿來播放會搞砸吧。是事故等級。

回想起來，我故作正經的訊息部分還是很沉悶，那就重新拍一次吧？

「不，這樣就好吧？」

似乎終於成功停止錄影的神原這麼說。不過她好像是直到最後都不知道怎麼停止錄影，所以直接關機。

「剛才的演講太出色了，不愧是我尊敬的阿良良木學長！我的心感動無比！只不過，我很想成為阿良良木學長這樣的人！」

「如果是這樣，我的演講根本沒感動到妳吧？」

哎，算了。

反正以我現在的心情，也說不出什麼積極樂觀的話語。我本來就不是這種開朗的角色。

雖然不是凡事都可以坦白，不過讓大家知道真相也很重要。

「真要說的話，神原，我很想成為妳這傢伙。使用掉包詭計之類的。」

不對，這不是什麼詭計。

看來偵探遊戲的後遺症還在……我假扮成神原指導學妹們又能怎樣？

「但我無論如何都不想成為阿良良木學長。」

看來日傘無論如何都不想成為我。

「不過，我很想趕快成為大人。如果我的話語隨著年齡增長具備說服力，我覺得學妹們也會稍微聽我的話。」

她輕聲說。

「簡單來說，制服很礙事。河河不這麼認為嗎？」

「是啊。有時候會很想脫掉對吧？在街上一時衝動就想脫。」

神原之所以這麼想，我覺得應該是基於別的原因……不過，我並不是無法理解這種心情。

因為制服是象徵性的記號。

成為大學生之後，也會懷念起不必挑選穿什麼衣服的那個時代。

「這次請阿良良木學長出馬，也是基於這個原因喔。對於我們小鬼頭來說，大學生話語的分量不一樣。」

「內在是一樣的啊？」

在這次的事件，我也深刻感受到這一點。

人是否會隨著時間改變或成長，這是另一個問題嗎……反過來說，即使內在一樣，只要頭銜改變，別人的觀感也會改變。

「總之，只要能讓人覺得『大學生也就如此而已吧』就好。因為妳們的學妹們有著過度正經的傾向。」

「請放心。這部影片我甚至想上傳到動畫網站，分享給全體人類。」

「住手。那種影像要是被世界級的羽川看見，我會羞愧到死。」

雖然說了這麼多，不過這當成第一彈的企劃還算成立吧。先不提是否應該以我為例，但她們需要的應該是「外部的視角」。

如果只待在以好壞兩方面來說締結堅定情誼的同伴小圈子，內部的規則就會成為鐵則……雖然達到忍野那種程度太超過了，不過既然活在世間，價值觀的相對化還是很重要。

光是為了讓她們知道圈子外面也有其他人，這段影音訊息就有其意義吧。

封閉的小圈子嗎……家庭也是這樣吧。

某些家規直到有人指摘這樣不對勁、很奇怪，都會理所當然般強迫執行。

「直到國中都和妹妹們一起洗澡的這件事，在有人質疑之前，我都覺得是理所當然的事。」

「阿良良木學長，您只是在有人質疑之前都假裝沒察覺吧？」

而且我在高中生的時期，也曾經和小妹一起洗澡。要是以更遼闊的視野眺望這個世界，也有某些文化圈真的將家人共浴視為理所當然。

凡事都不能一概而論。

「嗯?怎麼了,阿良良木學長。聽您突然聊到家人,到底是什麼原因?但我確實將女子籃球社的所有人當成家人疼愛就是了。」

這樣有點沉重吧?

妳就是在這方面對學妹造成不好的影響。不對,不能這麼說。

學妹崇拜神原是在所難免,而且與其改變她們崇拜的超級明星——神原的價值觀,改變這一大群學妹們的價值觀還比較簡單。

「啊啊,因為我最近想到一些事……對了,日傘學妹。」

我試著改變話題。畢竟我不方便回答神原這個問題,而且我真的有件事要向日傘道歉。

「對不起,我擅自行動了。紅雲雀跑來問妳事情,害妳嚇了一跳吧?」

「紅雲雀?」

日傘詫異歪過腦袋。

糟糕,「紅雲雀」是我暫時取的綽號。

「紅口雲雀。記得是透過水戶乃兒問妳的吧。就是昨天妳對我說的『只在這裡說的祕密』提到的。妳隊友國中時代的前輩。」

「……沒人來問我事情啊?」

咦?

啊啊，說得也是，雖說是從五環關係反向查詢，不過在這種場合，不必特地經由日傘或神原。

水戶乃兒和我有一面之緣，所以反向的話可以抄捷徑。從父親口中（在被冤枉的同時）得到的情報，可以找直屬後輩水戶乃兒求證。

「『水戶乃兒』這個稱呼完全在阿良良木學長內心定型，對此懷抱強烈危機意識的只有我嗎？」

「日傘學妹，今天白天，我在大學見到紅孔雀小妹的姊姊了。我還以為她是從妳這裡打聽的。」

神原的危機意識一點都沒錯，但從另一方面來說，如果真是這樣，繼續以這個主題聊下去也不太妙。

我一直以為日傘已經取得我昨晚失控亂來的情報，不過既然她一無所知，我就違反了封口令。

即使提供「只在這裡說的祕密」給我的情報來源是她，我也不想給她「調查之後發現小女孩的牙齒不只一顆，而是全被拔掉」這種回報……因為日傘和紅孔雀不同，不是受害兒童的親屬。

只不過，都已經對好奇心強烈的女高中生（而且麻煩的好友也在場）聊到這個話題了，我該怎麼收回？這需要慎重的判斷。

因為既然提到水戶乃兒的名字，日傘如果想知道細節，一定有門路問得到。必須巧妙轉移話題。我心想。

「但我覺得學長不可能見得到她。」

不過日傘這麼說。

「嗯？妳說我不可能見得到她？」

「紅孔雀小妹的姊姊對吧？嗯……不可能見得到她。阿良良木學長，您該不會認錯人了吧？」

「認錯人……沒這回事。因為紅孔雀小妹的姊姊和我一樣，是曲直瀨大學的學生……」

「是的，這部分沒錯。我不知道阿良良木學長為什麼知道這個事實，但我後來也好奇調查了這件事。提供情報給您的時候，關於『水戶乃兒國中時代前輩』的資料不夠準確，我覺得很丟臉，所以回家之後調查過了。」

「我聽得一頭霧水，不過日傘，妳為什麼做到這種程度……？」

神原問。

「因為啊，我心目中的理想定位，是出現在少年漫畫班級裡的新聞社女生！口頭禪是『獨家新聞，我接收了！』，綽號是狗仔！」

日傘說完豎起大拇指。

為什麼要成為這種感覺不是很受歡迎的角色……？就這麼繼續當個羚羊籃球員好嗎？

不提這個，日傘重新轉身面向我。

「調查的結果，紅口孔雀小妹的姊姊，確實和阿良良木學長一樣是國立曲直瀨大學的學生，但她現在好像申請出國獲准，目前人在海外耶？」

她這麼說。

「海外？海外不就是……」

羽川？

不是這樣。

是升學？就業？還是出國進行尋找自我之旅？先前聊過類似的話題。

「不是尋找自我之旅，單純是高中時代的朋友進行一場有點晚的畢業旅行。升學並且離開老家之後，終於可以展翅享受自由……大概是這種感覺吧。順帶一提，目的地是澳洲的艾爾斯岩。」

啊啊。

畢竟即將禁止攀爬了。（註4）

註4　本集原文書於二〇一八年出版，艾爾斯岩於二〇一九年十月禁止攀爬。

不對，旅行的目的地，先和朋友討論想去哪裡再決定就好。

「所以，昨天的『只在這裡說的祕密』更新之後是這樣的。她離開自己家，而且離開日本沒多久，妹妹就被抓走了——水戶乃兒當時收到這樣的求助郵件。我詳細問到的情報就是這樣。」

換句話說，她在無法採取行動的海外，為了知道日本國內的狀況，不惜嘗試聯絡家鄉的昔日後輩……是嗎？

確實，即使和老家的關係很尷尬，既然妹妹可能被誘拐，而且門牙還投入信箱，終究想要二話不說馬上趕回來，這是人之常情吧。

既然畢業後的出路是距離老家不算遠的曲直瀨大學，那就更不用說。但她人在海外，所以事情未必盡如所願。

我也沒有出國經驗，所以只能憑想像說明，但要更改機票應該不太容易……首先不一定訂得到機位，如果是學生旅行的套裝行程更不用說。

也會產生取消機位之類的手續費。

沒辦法立刻趕回來，所以想依賴一絲希望，我可以理解這種心情……除了水戶乃兒，她肯定也找過其他人幫忙。

我對於這一點不再納悶，不過這麼一來，就出現了更大的謎團。那麼……

「那麼，我白天見到的求職套裝小姐到底是誰？」

023

我沒要求出示學生證，而且她好像也很熟悉紅口家的內情，所以我毫不懷疑認定那位求職套裝小姐是紅口雲雀……不過仔細想想，唯一的根據只不過是她如此自稱。

斧乃木協助我潛入紅口家調查，所以我從來沒見過紅孔雀的姊姊，甚至不知道她的科系。

直到昨天，甚至不知道這個人的存在。

所以……對，所以即使是這種冒充，我也輕易上當受騙……呃，可是，她為什麼要演這種戲？

肯定沒錯，是為了從我這裡套話。

就算下了封口令，面對受害兒童的親屬，口風也會變鬆。即使內心沉重，也必須好好說明……我陷入這種心理。

這麼一來，紅雲雀——不對，不是紅雲雀——那個假紅雲雀，其實是誘拐犯本人吧？這個疑惑再度冒出頭來。

如果誘拐犯假扮成姊姊……這麼一來，我的那個被害妄想復活了。

為了確認我在立體停車場的階梯平臺，是否看見不必要的東西——凶惡的誘拐犯本人專程闖入大學……如果她的真實身分不是「擔心妹妹的姊姊」，那她就算是對小女孩口腔進行拔牙處理的人物也不奇怪。

雖然不對，但是不奇怪。

——讓您見笑了。

……在那個階梯平臺，誘拐犯有什麼不想讓人看見的東西嗎？明明看起來只像是將不需要的物品胡亂丟棄，但是在那個階梯平臺……

我看見了什麼？

我看漏了什麼？

回想起來吧，沒有突兀感嗎？在那條安全梯——別說突兀感，到處都是異常點的那條安全梯……

我肯定能回想起來。因為想忘也忘不了的那幅光景，我是第一發現者。等一下，等一下等一下。

假設那位求職套裝小姐不是紅雲雀而是誘拐犯，那我不只是現場的第一發現者，還親眼目擊過犯人。

小女孩誘拐犯。犯人兼當事人。

首先不能忘記的，是她那過度客氣的說話方式。老實說，那種少根筋的感覺也令我掉以輕心。

但如果她不是少根筋的親屬，而是拔光牙的凶手……這樣斷定還太早嗎？

照例又是我太早下定論嗎？

我的老毛病又犯了？

可是，即使不是誘拐犯，那個假紅雲雀也肯定不是紅孔雀的繼姊。沒錯，可能是搶獨家新聞的新聞社女生，或者是父母委託搜查的真正名偵探，偽裝身分前來採訪或打聽。委託人或許是父母？不可能嗎？

好，冷靜下來，要逐一釐清，不要試著一口氣思考所有事情。

首先確定一下確實能求證的部分吧。也就是「要求和我共桌的那位女性不是紅口雲雀」這個問題。

「日傘學妹，什麼都別問，我想拜託妳一件事。」

「好的。假扮成未婚妻拜會您的父母就好吧？」

「這種劇情走向，至今連一丁點都沒有出現過吧？」

「日傘，妳不准和我的阿良良木學長走得太近好嗎……？」

神原向好友展現嫉妒心。

我很想說這個超級明星也有可愛的一面，但是這傢伙的嫉妒心真的很危險（就某方面來說比黑儀還危險），所以非得留意才行。看來我最好將吐槽的精確度調低一點。

居然說「我的阿良良木學長」？

我切換心情之後詢問。

「妳有紅口雲雀小姐本人的照片嗎？」

只要有照片，就可以確定我見到的求職套裝小姐是不是紅口雲雀。

日傘從水戶乃兒那裡得到的情報已經很舊，其實紅雲雀可能已經回國。

以最壞的狀況，即使不是直航班機，也能想盡辦法轉機，這樣肯定回得來。對於獨居的大學一年級學生來說，這個做法不太實際，卻姑且有這種可能性。

紅雲雀在沒察覺的狀況下和凶惡誘拐犯對峙，說不定早就被殺——或許我只是不願思考這種可能性，但是得確認才行。

「唔～～很難說耶～～這得問一下水戶乃兒才能確定。如果是以前的照片，我覺得應該會有，但如果太久以前就沒意義吧？看了國中時代的照片也沒用……您說對吧？而且可不能平白給喔。」

「咦？不能平白給嗎？」

為什麼？

這段對話為什麼會出現金錢交易？

「因為我是情報販子。」

「妳不是情報販子吧？」

「我想要的不是錢。是的，其實水戶乃兒大約從去年就一直隱約心儀阿良良木學長的樣子，可以和她約會一次嗎？」

「不要用這種形式隨口揭露這麼重要的情報啦！女子籃球社氣氛變尷尬的原因，該不會是妳這傢伙吧？」

「您用『妳這傢伙』稱呼我，我好開心。明明經常稱呼河河『妳這傢伙』，卻總是用『妳』稱呼我，其實我總覺得有種距離感耶！」

日傘展現意外細膩的一面，同時熟練操作直到剛才都在拍我的智慧型手機。應該不是把影片上傳到全世界吧？

既然想被稱為「妳這傢伙」，今後我就這麼稱呼吧，不過必須是這種女生才能勝任神原的好友嗎……想像得到學妹們曾經多麼辛苦。

「唔哇～～水戶乃兒超火大的。因為我將她藏在心底的情感揭露給阿良良木學長了。」

「藏在心底的情感被揭露，任何人都會火大吧？」

雖然從這個角度看不見，但手機畫面似乎展開壯烈交鋒……是LINE嗎？

「不，是推特。」

「不准在推特吵！會傳遍全世界吧！」

會傳給黑儀、羽川，還有女子籃球社社員……如果看過崇拜的校友會產生摩擦，我的影音訊息絲毫打不動她們吧！

「知道了，我改成ＬＩＮＥ吧……唔哇，她把手邊所有震怒的貼圖統統傳過來了耶～～」

「……既然這樣，她應該沒那麼生氣吧？」

「如果將貼圖當成象形文字，那麼現代的溝通方式，也可以說回到了以前美好時代的原點吧？」

這麼想的話，社群軟體就像是羅塞塔石碑，蘊含了邁向未來的要素嗎？

不擅長機械的我與神原，只能提心吊膽看著日傘滑手機，不過水戶乃兒雖然沒消氣，最後還是傳了「紅口前輩」的照片過來。

這個時代的女高中生，不管是吵架還是交流都好快。

「請看吧。雖然是有點久的照片，卻沒到很久以前的程度。這就是紅孔雀小妹的繼姊。噹噹～～」

用不著喊「噹噹～～」吧……

我看向日傘遞給我的手機畫面，確認顯示的人物。這是……用手機拍照片的影像？

不對，拍的是明信片。寫著「我搬家了」這句話的明信片。

離開老家，開始一個人住的時候……很高興成功離家，忍不住也對昔日後輩寄了這種明信片。大概是這種感覺嗎？

畫質有點差，不過印在明信片的是短短幾個月前的模樣，所以肯定能當成參考。如此心想的我將畫面擴大（我好歹會用擴大功能）。

「……咦？」

看見明信片上比出勝利手勢露出笑容的人物，我啞口無言。

「這是怎麼回事……？」

說不上是怎麼回事。

難道說，是這麼回事嗎？

這麼一來，就不是今天開始的事。

這代表著我——我們從一開始就犯下天大的誤會。犯下無從想像，無法挽回的嚴重誤會。

……不對。

還來得及。

來得及挽回——救得回來。

包括紅孔雀的生命——以及人生。

「那麼，按照約定，請去和水戶乃兒約會喔，阿良良木學長。」

「不，我不去約會。」

「咦，連約會都不去？」

024

居然連續兩晚，而且是同樣的成員在北白蛇神社集合，我終究想不到。

脫線的大學生阿良良木曆、剛睡醒的幼女忍野忍、面無表情的女童斧乃木余接、神明少女八九寺真宵——連夜聚集的是避人耳目的四人組。

「抱歉，明明昨天才這麼做過。我無論如何都想說一些事。」

「好啦好啦。所以鬼哥哥，在我們之中，你要和誰睡？和誰結婚？又要殺掉誰？」

「這次找妳們過來，可不是要玩這種像是女生聚會在玩的如果遊戲。」

不是死亡二選一，變成死亡三選一了。

而且選哪個答案都會被殺。被殺的是阿良良木。

總之，即使這是玩笑話，雖然面無表情語氣平淡所以看不太出來，不過斧乃木心情似乎不是很好。畢竟今晚和昨晚不同，是我百般央求她過來的。

斧乃木是監視員，用不著拜託她，只要我出門，她應該也很可能跟過來，但是這方面我希望好好分清楚。

想要做個區別。

「阿良良木哥哥，如果是昨天那件事，不是已經迎接遺憾的結果嗎？我是聽斧乃木姊姊這麼說的。」

看來八九寺也將「只在這裡說的祕密」當成「已經結束的祕密」。那麼，她應該也得知我所看見的階梯平臺慘狀，不過，這傢伙看起來是純真少女，其實下過一次地獄……

擁有一段艱辛的經歷。

對於悲慘事件的抗性，或許意外地高……而且她現在是神，區區一個小女孩的事情，或許不能一直掛念在心。

至於忍就不用多說了。

她半睡半醒。因為現在不像昨天那麼晚。

基於這層意義，所有人對這場集會都興趣缺缺。是的，我也沒充滿幹勁。

坦白說，很尷尬。

如果是誘拐事件就斷然抽身而退。明明講得那麼好聽，卻在言猶在耳的時候又想上前線。

超遜的。

不過，如同既然已經知道就不能裝作不知道，既然已經察覺就不能裝作沒察覺。必要的話，只能由我一個人來了。

「首先，希望妳們三人看看這個。」

日傘後來轉發給我的明信片照片，我顯示在手機畫面。北白蛇社境內朦朧發光。這座神社沒特別安裝電燈之類的照明，所以即使時間沒那麼晚，入夜還是會一片漆黑，手機畫面因而非常清楚。

映在畫面上的人物當然是……

「這是……」

是紅孔雀——紅口孔雀。

寄給國中時代後輩樟腦水戶乃的「搬家通知」——印在明信片上的身影，總之令人覺得是高中畢業的十八歲女性，這張明信片本身沒有明顯的突兀感。

一百人看見這張明信片，應該有一百人會說：「這東西怎麼了嗎？」少女、幼女與女童的反應，也大致是這種感覺。

我呢？

我能說兩件事。

首先，這個人物不是我白天在大學一起喝茶交談的求職套裝小姐。容貌完全不同，一眼就看得出來。

忍是怪異，不太能分辨人類的長相，但即使是這樣的她，也能清楚知道這是不同人。這是對的，就某方面來說，這是預先設想過的事，我請日傘要到這個數位圖檔，算是以防萬一的確認。

雖然水戶乃兒為此付出莫大的犧牲，不過關於這一點，我絲毫無法為她做什麼事。問題在於預料之外的另一件「能說的事」。

水戶乃兒傳來的那張明信片，上面印的照片是曲直瀨大學的入學典禮。在大學校門口，以花朵裝飾的直立看板前方，揚起嘴角露出笑容的新生照片。

當時說這是有點久的照片。

大學的入學典禮正是「有點久」之前的事。

真的是代表「全新出發」的一張照片。「搬家通知」使用這張照片，可以說是妥當的選擇。只不過，我注意到的不是曲直瀨大學的風景，也不是入學典禮的直立看板。

是她的身影——紅口雲雀的身影。

說得詳細一點，是她的「服裝」。

「這張明信片上的紅口雲雀，和我今天見到的紅口雲雀不同人。不過入學典禮這天，紅口雲雀穿的這件套裝，和我今天見到的紅口雲雀是同一件。」

人物不同，打扮卻相同。不只服裝，鞋子也一樣是包頭鞋。當時我發現她走得搖搖晃晃，所以記得很清楚。

「……不是求職套裝嗎？」

忍的中肯疑問好刺耳。

沒有啦，我是在大學校內見到她才這麼認為，但好像不是這樣。應該說，入學典禮穿的套裝與求職活動穿的套裝，我不知道有什麼差別。

容我解釋一下，我剛開始以為她是高年級，而且看到穿套裝的大學生，一般肯定都會這麼認為。

不過，大學生確實也會在入學典禮穿套裝。應該吧。

「居然說『應該吧』，阿良良木哥哥，怎麼說得這麼不清不楚呢？您肯定也在幾個月前經歷過入學典禮吧？」

「啊，沒有啦，因為某些原因，所以我沒參加入學典禮。」

「所以您為什麼動不動就假裝自己很叛逆啊？」

神明對我傻眼了。

我並不是要假裝叛逆才沒參加入學典禮，但也可以說我因為這樣才晚一步察覺。我沒想到是這種狀況。

回想起來，是我對假紅雲雀提到求職話題，她應該是巧妙配合我吧。嗯，即使求職戰線再怎麼嚴苛，甚至舉辦講座或讀書會，終究不會有人從一年級就穿求職套裝。

「嗯？鬼哥哥，所以是怎麼回事？你喝茶聊天的對象不是紅口雲雀，但她穿紅口雲雀的衣服，自稱是紅口雲雀……只要當成扮裝的一環就不奇怪吧？」

「問題在於就算是扮裝，為什麼要選擇入學典禮的套裝？假扮成女高中生的話就另當別論。比方說，如果想假扮成神原或日傘，取得直江津高中的制服穿在身上，假扮成功的機率應該比較高。但紅口雲雀是大學生啊？穿上這時代流行的緊身衣還比較像吧？」

「大學生不會穿這時代流行的緊身衣吧？」

斧乃木如此吐槽，但她似乎聽得懂我的意思。基本上沒有大學生會把入學典禮穿的套裝當成日常服裝。

如果假紅雲雀是企圖假扮成大一學生的誘拐犯，那她穿著普遍的日常服裝現身更具說服力。

看看戰場原黑儀吧。包括染成褐色的頭髮，以及塗上指甲油的指甲，完全是「大學生風格」。其實用不著說什麼風格，那傢伙真的是女大學生，但是原本來說，扮裝應該需要往那種方向努力吧？

然而假紅雲雀選擇套裝。

好啦，這是怎麼回事？

「紅雲雀本人也只有入學典禮穿那套衣服一次吧？即使穿那套衣服，看起來也不會特別像是紅雲雀……又不是紅雲雀的註冊商標。」

「應該不會像是忍野哥哥那樣，看到夏威夷衫就想到他。」

當然不無可能。

紅口雲雀可能特別喜歡入學典禮穿的套裝，後來也當成日常服裝。但是即使如此，她穿那樣出現在我面前也沒意義。

因為我不知道她平常這樣穿。

如果「說到紅口雲雀就是套裝」這種風評眾所皆知，那還情有可原……甚至反而會因為那件套裝，沒想到她是紅口雲雀（誤以為是高年級）。

換句話說，假紅雲雀的那件套裝，不一定是為了假扮成紅雲雀而穿，是基於別的目的。

「說起來，這張明信片裡紅口雲雀的套裝，那位小姐為什麼也有同一件？難道誘拐犯不只對妹妹，還對姊姊下手……應該不可能吧。畢竟確定姊姊正在艾爾斯岩了。」

雖然沒確定她真的在艾爾斯岩，總之說得也是。但是反過來說，既然她現在不在日本，就代表她一個人住的自家現在沒人。

「所以阿良良木哥哥，您的意思是誘拐犯闖空門偷走套裝嗎？不是買到量產的現成套裝，而是真的穿上紅雲雀姊姊擁有的那件套裝？」

「很奇怪嗎？比起湊巧撞衫，這種推測還比較有可能吧？」

我想起她不適應身上衣服的模樣。

看起來像是不習慣穿套裝，但更大的問題在於那是別人的衣服，才會穿得那麼不習慣吧？包頭鞋也應該是尺寸不合吧？

「這樣自由想像真有趣耶。」

斧乃木不帶情感地說。

語氣比平常還要不帶情感。

「不過，如果可以先說結論，我覺得會更有趣。出現在鬼哥哥面前的神祕女性，為什麼穿著紅口雲雀參加入學典禮的同款套裝？說起來她為什麼穿套裝？鬼哥哥的假設是什麼？包括她出現在鬼哥哥面前的原因，麻煩一起告訴我。」

「我沒穿過套裝，不過說到穿套裝的原因，我覺得果然是想表現出『大人』的樣子，才會這樣打扮吧。在入學典禮穿套裝，應該也是一樣的意思……所以我首先是這麼想的。那或許是假扮成大學生的高中女生。」

不是想假扮成大學生，而是想假扮成比較成熟的樣子。

這個假設也來自於先前日傘與神原的話語。雖然不知道認真程度，但是她們兩人說過，有時候會想脫掉制服，趕快成為大人。

在日本，套裝也像是某種制服就是了……不過，我剛才說的「高中女生」也只是直覺，沒有根據。

改成國中女生也可以。

進一步來說，也可以改成國小女生。

「……？不，等一下，汝這位大爺，終究不能這樣改吧。暗示到這種程度，吾終究明白汝想表達之意，可是……」

「就是說啊，阿良良木哥哥，小學女生終究不可能假扮成大學女生吧？即使外表再怎麼成熟，即使……」

「即使是姊妹也不可能喔，鬼哥哥。」

「所以我想問妳們三人一個問題。」

原本我也可以獨自行動。

昨晚把少女、幼女與女童拖下水，不只是毫無成果，而且抵達的終點和原本訂立的目標完全相反，犯下此等失態的我，如今居然還有臉拜託少女、幼女與女童協助。不過，孤陋寡聞的我只能發問。

外表十二歲，卻是百年屍體的付喪神斧乃木余接；外表十歲，卻是死後迷途長達十一年的八九寺真宵；外表八歲，卻活了將近七十五倍歷史的忍野忍。

我想向外表和實際年齡絕對不相符的三人組怪異，確認一件實在無從確認的事。

「內在依然是小學五年級，外在卻在一個晚上成長到大學生的模樣，讓發自內心想盡快成為大人『離家』的小女孩願望成真。世上有沒有這種怪異現象？」

025

乳牙脫落一顆。這是有可能的。乳牙一下了脫落二十顆。這是不可能的。

聽起來覺得不可能，但如果這孩子「一下子」長大，這種現象不就變得有可能發生嗎？

假紅雲雀過度客氣的說話方式。

回想起來，那也像是和穿不習慣的套裝一樣，只是勉強故作成熟失敗。點了成熟的黑咖啡，最後卻加了三塊方糖，這種矛盾也令人感覺內在與外在的年齡差距。

何況，雖然我自己不愛喝咖啡所以不敢斷言，但是在那種店點咖啡，一般來說都會端上黑咖啡，不必特別強調吧？

因為糖與奶精都預先在桌上備好，讓顧客依照喜好調整……她明顯至少比我更不熟悉咖啡廳的習慣。

身為求職者卻沒好好梳理，像是任憑留長的頭髮，如果不是任憑留長，而是

「突然」變長，難免無法梳理妥當。

精神年齡偏低？

若要這麼說，我也是這樣。

但如果不是這樣，其實她的精神年齡符合標準，而是肉體年齡異常偏高。

「……鬼哥哥，你認為小女孩一個晚上成長約十歲的根據，應該不只這個原因吧？」

還以為這種推理會被她們一笑置之，斧乃木卻認真和我討論。哎，面無表情的她聽到多麼荒唐的意見都不會笑，但我還是很感謝她願意聽。

以我的立場，我也不是希望氣氛像是「Make some noise！」這樣炒熱。

「假紅雲雀說『見笑』的階梯平臺光景，我以為自己看漏了某些東西，仔細回想過。但我果然沒看漏什麼東西。完全如我當時所見。如我所見有著大量的乳牙、散落的書包以及……破損的衣服。」

我以為是身上衣物被粗魯剝掉……不過就算是兒童的衣服，真的可以這麼輕易撕破嗎？這麼做需要強壯男性的臂力，但是出現在我面前的假雲雀，完全不像孔武有力的嬌柔女性。

可是，那些兒童服裝不只是被脫掉，還破掉。不是被剪破的。

雖然不願這樣想像，但是如果發生過扭打之類的狀況，那麼即使見血也不奇怪，現場卻沒特別留下血跡。如果有，我這個類吸血鬼不可能沒發現。

那些兒童服裝該不會是從內側破損吧？因為穿這些衣物的孩子變得不再是孩子，所以從內側撐破吧？上衣鈕釦彈開，裙子勾環脫落，縫線也脫落斷裂？

如同大學生硬是穿上童裝的慘狀。這不只是穿不習慣的問題吧。

背上的書包，也是因為背帶陷入肩頭，只能使力強行甩掉，才會變成那種悽慘散亂的結果吧。

「真的讓您見笑了」——她之所以那麼說，或許不是基於誘拐犯身分。而是基於受害兒童的身分，這麼想就令我可以接受。

「以這個狀況，她也不是受害兒童了。因為發現的破損衣服與大量牙齒都沒有犯罪性質。」

沒有犯罪性質。

代價是具備怪異性質。

「換句話說，因為衣服破掉沒得穿，紅孔雀小妹才擅自借穿姊姊的衣服？」

「考慮到紅口家的隱情，姊姊給妹妹備用鑰匙也不奇怪吧？這樣甚至比較自然。」

畢竟還考慮過將妹妹一起帶走。記得假紅雲雀說過這句話？

不過，如果那個假紅雲雀是紅孔雀的「變化結果」，那麼這句話或許是繼姊實際說過的話語。

「突然達到這種成長，就這麼莫名其妙找姊姊求救，姊姊卻不在家……總之先以『說到大人就是這樣穿』的想像，穿上入學典禮至今一直掛在衣架上的套裝……以免被人發現內在是孩童。」

那種結結巴巴，心神不寧的態度。

完全被騙的我這麼說也不太對，但她不像是擅長說謊的類型。

「不過，即使不是阿良良木哥哥，眼前出現穿套裝的女大學生時，應該不會冒出『嗯？其實是小女孩吧？』這種想法……嗯～～迷路或離家出走的少女就算了，這種不在我的專業範圍。」

神明說超自然現象不在專業範圍是怎樣？我這麼心想，不過神明大概也分成不同的專業領域吧。

說到專家……

「或許你可能忘了，但我是專精不死怪異的陰陽師影縫余弦之式神。一個晚上將孩子變成大人的怪異，不能說是我的拿手領域。真要說的話，那個色迷之王比較清楚吧？」

「汝說誰是色迷之王？」

忍不太高興地回應。

不過，正是如此。

忍野忍的前身，鐵血、熱血、冷血之吸血鬼——姬絲秀忒・雅賽蘿拉莉昂・刃下心是傳說之吸血鬼，同時是怪異之王。

被稱為「怪異殺手」，是所有怪異的高階存在。

而且她化為幼女之後，也受到專業領域廣泛的妖魔鬼怪權威——忍野咩咩的薰陶。

來自怪異的知識與來自人類的知識。

她是兩者兼具的複合專家。

例如我妹妹阿良良木火憐遭到蜜蜂怪異危害的時候，裝在她小小身體的知識成為大大的助力。

「不過本次事件，真要說的話應該是迷路神明之守備範圍吧。」

不久，忍雙手抱胸這麼說。

迷路神明——八九寺嗎？

八九寺推給斧乃木、斧乃木推給忍、忍又推給八九寺，這是哪門子的互踢皮球？我原本這麼心想，但這不是互踢皮球，是漩渦。這種漩渦構造正是通往這個案件中心的螺旋道路。

是最後抵達的中心點。

「變化扭轉。」

忍繼續這麼說。

「時間彎曲、捲動、扭轉。想必就是這麼回事吧，到頭來，其真面目是——蝸牛。」

蝸牛。

柄眼目的陸生肺螺類。

026

真正的紅雲雀——紅口雲雀獨居的公寓並不難找。

不只如此，根本沒費半點功夫。

因為，寄給水戶乃兒的「搬家通知」，理所當然寫著搬家後的住址。由於是以手機拍攝明信片，所以部分住址沒拍到，不過只要確認公寓名稱與房號，其他部分都沒拍到也沒差。

要來玩喔！

雖然不是把明信片寫的客套話當真（何況這句客套話是寫給水戶乃兒的），但我們當下決定前往那間公寓。

若問哪裡有線索，就是那裡了。

因為無論如何，紅孔雀肯定曾經進入那間公寓的住家，借走新生套裝。

順便補充一下，她肯定也借了一些錢……當時在咖啡廳雖然最後由我請客，不過她姑且作勢要付自己的咖啡錢。

總之，她應該沒借太多錢，所以當時那句「感謝相助」應該是真心話。畢竟人類生活需要花錢，人類生存也需要花錢。

或許紅孔雀以為成為大人之後什麼都做得到，其實並非如此。手頭必須有點錢，而且即使是我，一旦身上的童裝破損變得光溜溜，大概也會不知所措。

不只是身無分文的程度。

總之，如果身上帶著智慧型手機就另當別論，但她是小學生。何況事件核心是那種父母，大概連兒童手機都不會買給孩子。

只握著備用鑰匙，光溜溜在深夜城鎮移動是非常危險的行為，但是很難認定她當時擁有正常的判斷能力。我剛成為吸血鬼的時候也稍微陷入恐慌。

「先不提是否裸奔，但她怎麼知道姊姊住哪裡？」

「既然備用鑰匙帶在身上，應該也會把住址寫在紙條帶著吧？……不，說不定是將地圖記在腦中方便隨時能去。」

除此之外，我還想得到許多即使不算矛盾卻還是說不通的細小疑點（放進信箱的門牙要怎麼解釋？），不過所有問題都可以延後處理。極端來說，只要問得到本人，這些問題幾乎都用不著思考。

斧乃木已經不再阻止我，大概知道想阻止也阻止不了，而且如果我的直覺難得猜中，這個案件將會完全翻盤。

昨晚我之所以抽身，是因為依照階梯平臺的那種慘狀，我以為自己證明了紅孔雀的失蹤是誘拐案件。我從一開始就說好，如果確定是誘拐案件，我就要在報警之後收手。

可是，如果我白天見到的假紅雲雀甚至不是來觀察狀況的誘拐犯，而是被當成受害兒童的紅孔雀本人，這個事件就不是誘拐案件。應該交由司法處理的凶惡誘拐犯並不存在。

如果取而代之存在的是怪異——「變化扭轉」，那麼，真是的，該怎麼說，反倒是……沒錯。

「輪到我們出馬吧？」

就是這樣。

雖然還沒有確切的證據，也還沒辦法完全斷言拔光小女孩牙齒之凶惡犯人不存在，但如果能在紅口雲雀的公寓住處再度見到白天遇見的假紅雲雀，就可以證明這一切。

也可以確保她的安全。

仔細想想，這是我唯一的目的。我沒要追究真相、解開謎團，當然也沒要蒐集怪異奇譚。

剛才我順勢說出「細小的疑問就等見到當事人再釐清」這種話，但如果當事人不肯說，我也不想刻意問清楚。

既然爆發性的成長原因和怪異有關，那麼忍野忍這個怪異殺手還來得及讓她回復為小女孩。如同昔日去除羽川翼身上的障貓，使用能量吸取就好。

雖然也有連怪異殺手都無法處理，像是神原駿河左臂的那種例子，不過肯定有挑戰的空間。

「不過啊，與其說問題在於是否能挑起吾之食慾，不如說問題在於小女孩是否想回復為小女孩。」

「嗯？肯定想回復吧？畢竟她明顯不知所措，行動看起來不明就裡……」

「然而汝亦說過，小女孩難道不是主動希望成長嗎？為了效法姊姊離家。」

「…………」

「即使現在不知所措，就這麼不明就裡，等到心情隨著時間穩定下來，小女孩或許反而不想回復啊？……如同吾已經不想回復為姬絲秀忒．雅賽蘿拉莉昂．刃下心。」

歷經諸行無常，最後定型為幼女的吸血鬼。相對的，小女孩不選擇繼續當個孩子，而是選擇成為大人嗎？

這種事也必須見到她本人才會知道。或許即使見到也不知道。

027

和昨晚一樣，忍坐在副駕駛座的兒童座椅，我依照她操作手機的導航抵達目的地公寓（車子停在公寓的訪客停車場，我們廣義來說肯定也算訪客），然後也和昨晚一樣，以「例外較多之規則」先到的斧乃木，在停車場的人用出入口等我們。不過從我們的性質來說，看到「人用出入口」會覺得有點好笑……

八九寺也和昨晚一樣留在神社。

神明無法離開城鎮。

那麼，說到和昨晚的不同之處，在於這裡並非清靜的住宅區，所以即使有點顯眼，也只會被當成「附近的大學生在吵鬧」這種程度。

只不過，紅雲雀租的這間公寓，好像不是特別設計成適合學生……反倒是適合家庭居住……唔～～我實在不認為家裡會資助，她住在這裡應該很勉強吧？

紅雲雀選擇這種格局的公寓，或許出自她對「家」的執著。不，是反彈。

適合家庭嗎……
總之，既然不少住戶是全家福，那麼對我們來說也是很好的條件——很好的居所。
既然也有孩子居住，那麼即使附近的大學生讓金髮金眼的幼女坐在肩膀來到公寓，肯定也不突兀吧。
「我覺得很突兀……」
「斧乃木小妹，家裡已經檢查完了嗎？」
「不，我甚至沒靠近房間。因為這次的非法侵入不是為了調查，是捕獲。」
「居然說捕獲……」
「最壞的狀況甚至要除掉。我想盡量降低失敗的機率。比起預先演練，我判斷直接正式行動比較好。」
斧乃木的眼睛變成專家的眼睛。表情本身包含眼神依然毫無表情無從區別，但是說話內容很火爆。
感覺不會陪我說笑。
也就是說，她在這方面是和我截然不同的專家。也對，習慣她以布偶外型住在我家的模樣之後，我在這方面的認知難免麻痺。不過這具屍體人偶，基本上是為了除掉怪異而製作的。

也可以說是只為了除掉怪異而製作。

將斧乃木當成便利的移動手段使用，說穿了是影縫的惡質玩笑話。斧乃木一旦設計理念。

像這樣進入工作模式，區區如我將無法控制。

直到昨晚，她為了履行監視我的職責，始終只擔任輔助的角色，不過只要事件可能和怪異有關……

依照忍的說法，「變化扭轉」雖然不是不死怪異，卻可以扭轉生命的存在形式，從這層意義來說近似不死怪異。不能說完全不在斧乃木的守備範圍。

總之，這次並非從臥煙那裡收到指令，斧乃木應該不會太亂來，但她明明容易受到周圍影響，在這方面卻不好通融……

「這邊在攻堅時的優勢，是紅孔雀應該沒想到有人闖入。如同大多數人的想法，發生這種無法理解的現象時，肯定會覺得只發生在自己身上。肯定覺得只有自己是特別的，陷入這種自我陶醉。」

總覺得她話中帶刺……

或許是毫無情感的語氣反而加強這種感覺。

「所以，她即使和鬼哥哥見面，肯定也想不到你有吸血鬼體質，肯定也想不到我這種專家的存在。只要抓準這個刻板觀念的破綻，就能瞬間壓制她。」

雖然現在太晚說，不過讓斧乃木和八九寺一起留在神社或許比較好……我個人想盡量避免動用暴力。

我認為好好坐下來談就可以解決。

按下對講機，說明我們是來救她的，她應該會開門吧。

「至今沒有一次是這樣和平落幕吧？你不是還曾經被你想救的女生拿釘書機釘嘴巴嗎？」

也是啦。

我向八九寺伸出援手的時候，手也被她咬了一口。應該沒什麼好奇怪的。

任何人都有過想拒絕援手的心情，陷入恐慌狀態時更不用說。

白天見面的時候，她看起來即使慌張，卻還算是努力克制自己冷靜下來……當時她想從我這裡打聽的是搜查情報嗎？

是想知道紅口家現在發生什麼事嗎……她說父親冤枉紅雲雀，究竟是方便之詞還是事實？

「哎，既然這樣，鬼哥哥就從玄關大門著手吧。如你所願按下對講機。我要從陽臺進去，也就是包抄。」

紅孔雀從魚眼窺孔看見我，提高警覺想從陽臺逃走時，由斧乃木抓住她。大概是這樣的作戰吧。

紅雲雀住在三〇七號房，也就是三樓，不過如果走廊站著一個肩膀坐幼女的男性，確實會想從高樓層的陽臺逃離吧……

「汝這位大爺，至少在按對講機時別讓吾坐在肩膀上。放吾下來。」

「啊！原來有這個方法！」

「只有這個方法。」

「那麼忍，妳在車上的副駕駛座等我……」

「吾能坐之場所，只有汝之肩膀與兒童座椅二選一嗎？」

只是三樓的高度，斧乃木不必使用「例外較多之規則」，以平常的握力應該就爬得上去，所以這個包抄作戰本身單純又可行。

但是企圖從陽臺逃離的紅孔雀，可能被斧乃木的「例外較多之規則」打飛。我可以預見這幅未來的光景。

各位或許認為斧乃木終究不會這麼做，但她真的會做。

之前採用類似作戰的時候，真的演變成這種結果。

而且即使讓忍從肩膀下來，但我們白天已經在咖啡廳見過面，她或許會詫異「阿良良木曆先生」為什麼會追到家裡，因而提高警覺。

不要由我來按對講機，由忍來按比較好嗎？將忍設定為拿傳閱板過來的附近小孩……

「在這種深夜拿傳閱板過來之金髮金眼小孩，這太靈異了吧？」

一點都沒錯。

這時候就乖乖期待紅孔雀以對講機回話吧。這麼一來「例外較多之規則」就不必上場了。

來找她的藉口，就設定是我白天忘記說一件「關於案發現場的重大事實」，現在想起來了所以前來告知——大概是這樣。

我覺得最好假裝還在受她的騙……我充分感受到自己不是名偵探，也無法帥氣地突然把真相擺在她面前。

假裝自己是個傻子吧。

話說在前面，這是我的拿手絕活。雖說成為大學生，也未必變得聰明。

如同雖說成為大人，也未必獲得自由。

028

集合住宅「花藝曲直瀨」（這名字比起公寓名稱更像花店名稱）入口沒有電子鎖，所以我們順利抵達紅口雲雀租的三〇七號房。到最後，我讓忍回到我的影子裡。

哎，正常都會這麼做吧。傻子也是。

我覺得這種事猶豫也沒用，所以一抵達門口就按下對講機。姑且先確認過這層樓沒人，也確認並非每一戶都有防盜攝影機。

我這麼毫不遲疑按下對講機是基於姑息的盤算，覺得紅孔雀如果發現不對勁而前往陽臺，說不定能在斧乃木埋伏之前逃離。

「好～～我現在開門～～」

這個聲音不是透過對講機，是直接從門後傳來。說話方式過度客氣，而且門隨即開啟。

我當然在聽到這個聲音的時間點就聽出來了。打開的門後是斧乃木。

「我明明連語氣都好好模仿了。」

「不准連語氣都好好模仿。」

關於紅孔雀過度客氣的說話方式，我已經在北白蛇神社告訴大家……聽到總是使用平輩語氣的斧乃木這麼說話別有一番風味，但是在這之前別提這個。

咦？

為什麼是斧乃木？

「我說過要從陽臺繞過來吧？我從窗戶爬進去，已經簡單看過屋內，所以聽到鬼哥哥按對講機之後應門。」

太快了吧？

完全沒等我。

難道我希望在她埋伏前完事的軟弱內心完全被看透嗎……我在這種心理戰贏不了任何人。

何況對方是專家斧乃木。

是斧乃木大師。

唔……她簡單看過屋內，有辦法看遍屋內，換句話說，紅孔雀不在屋內？

拜託必須是這樣。我懷抱著這個願望詢問。

「嗯。和立體停車場的安全梯一樣，看來小隻骨感妹從這個基地撤退了。」

斧乃木如此回答。

「請進吧。沒什麼東西就是了。」

「居然要我進去……既然屋主與妹妹都不在，所以我進不去喔。因為我是吸血鬼。」

「不要突然遵守吸血鬼的設定。隔著別人家門和女童說話的樣子，要是被鄰居看見就糟了吧？」

「鑑於目前時勢，和女童說話的樣子要是被看見，確實……」

「請重視『隔著別人家門』這部分。看來鬼哥的心理狀態變好了。」

斧乃木說著拖我入內，關門上鎖。

從我是否會說蘿莉相關的笑話來測量我的心理狀態，我也很為難……可惡，如今我成為非法入侵民宅的共犯了。

不對，是主犯？

雖然現在主導權幾乎由斧乃木掌握，但是這個計畫無疑是我提出的。

斧乃木始終是人偶，是工具，所以將來會由我說「那份工作是我完成的」。即使「那份工作」的內容是將怪異附身的小女孩打成粉碎。

「窗戶沒上鎖？」

「我打破了。晚點叫色迷之王修好。」

「…………」

我不希望利用忍的物質實體化能力湮滅犯罪證據……今晚接下來別再和斧乃木分頭行動吧。我下定這個決心。

「鬼哥哥，你看。」

斧乃木無視於我內心這種想法，從玄關引導我到起居室，讓我看屋內。燈沒開，我們兩個的夜視力都很好，又是非法入侵者。

窗戶確實破了。

我原本做好心理準備，以為斧乃木是以「例外較多之規則」連窗帶框打壞，不過破窗的面積控制在最小範圍，只有月牙鎖周邊四平方公分左右……我稍微鬆了口氣，不過這就某方面來說真的是小偷的手法。

這件事暫時放在一旁。重點在於室內。

剛才斧乃木邀我進來的時候說「沒什麼東西就是了」，如今我明白這不是謙虛。擅自說別人家謙虛也很奇怪就是了。

雖然起居室不到空無一物的程度，卻也空蕩蕩的。物品極端地少。

如果是剛搬過來，或許可以說不無可能，但是難免解釋成和她厭惡的父母很像，令我情何以堪。

只不過，斧乃木想讓我看的不是室內的「空蕩蕩」，是脫掉之後隨意扔在起居室中央的求職套裝。更正，不是求職套裝，是入學典禮用的新生套裝。沒破損。

看起來是正常脫下亂扔。

別說摺好，甚至沒放在一起，感覺很像是父母沒好好管教的小孩脫完衣服的樣子。「管教」是吧……

「管教也可能成為逼迫，所以有人管教未必都是好事。話是這麼說，不過以那種家庭的狀況……」

斧乃木說。

並且進一步邀我前往浴室。

這裡是白天剛見面——不對，實際上白天也沒見過面，關係僅止於「學妹的隊友的國中時代前輩」的女大學生家，我卻像這樣在她家亂晃，相較於和幼女、少女或女童玩耍，這是完全不同方向的變態性質。

但我姑且拉長上衣袖子代替手套，沒重演先前在安全梯犯下的失態……

難道浴室裡有姊姊的屍體？應該不是這麼回事吧？這就真的像是靈異電影的劇情。

我做好心理準備探頭一看，幸好不是裸體女大學生死在浴缸的光景，但是有某種異常的東西。

是頭髮。

大把剪斷的頭髮大量散落在淋浴區。原本用來放香皂或洗髮精的空間，果然放著頭髮交纏的剪刀。

不是剪髮用的剪刀，是文具類的剪刀——戰場原黑儀以前搞錯用法的那種剪刀，但我也不敢說這把剪刀在這裡的使用方式正確。

雖然比不上大量散落的牙齒，這在某方面來說卻也是異常的光景……不知情的人看見這一幕，應該會以為是犯罪相關的現場吧。

不過，如果當成怪異相關的現場……

我不是科學鑑識人員，終究無法只從剪下的頭髮，確定這是白天所見假紅雲雀的長髮，不過應該可以認定吧。

在那之後，假紅雲雀回到這間公寓，脫下套裝，剪了頭髮。

即使實際上是小女孩，也並非什麼都沒想。正因為是小女孩才會思考。大概是在那間咖啡廳看到我的反應，察覺自己絕對不是「大人的模樣」吧。雖然配合我的話題掩飾，卻發現穿套裝不太對……之所以剪掉頭髮，難道是認為我可能會追過來？脫掉套裝的時候，想說乾脆連外表都來個大改造？還是一個晚上變長的頭髮本來就不好處理，為了方便逃走……方便逃走？

她要逃到哪裡？

而且……為什麼要逃？

「斧乃木小妹……咦？」

不知何時，斧乃木從浴室消失了……雖然不是想在這之後和她一起洗澡，但她突然消失會令我不安。

明明連見都沒見過，我卻入侵這個人的私人空間，這份內疚使我比平常還要膽小。

「我在這裡。」

朝聲音傳來的方向看去，起居室隔壁的這個房間是……書房？

「看來是唸書用的房間。此外還有寢室。換句話說，是兩房一廳附餐廚與陽臺的住家。一個人住果然很大……可能是因為在老家沒有自己的房間，所以嚮往寬敞的住家，也可能是希望將來接妹妹過來，和之前在老家一樣一起住。不過現在只是冷清的兩房一廳附餐廚住家。」

斧乃木如此分析。

至於我，則是驚訝於屋內有唸書用的房間。原來努力向上的大學生會在自家打造這種空間啊。

此外，這裡和起居室一樣，東西不算多，確實無法否認有種冷清的感覺，不過和書桌合為一體的小書櫃，塞滿看起來和我一輩子無緣的專業書籍。也有原文書。

她和朋友正在澳洲旅行，看來不必找翻譯也能玩得很愉快。不對，或許不是觀光旅行，而是以打工度假的形式啟程？

如果因為這樣，導致無法在預先準備好的家裡迎接前來求助的妹妹，那也只能說造化弄人了。

「不好意思，斧乃木，我終究不能進寢室喔。」

「我覺得劃這種界線早就沒意義了，但你想藉此自詡是紳士就隨便你吧。你是怪盜紳士。」

原本以為在模仿夏洛克．福爾摩斯，卻變成模仿亞森．羅蘋嗎？

「放心，寢室我也看過，裡面只有用棉被鋪床。不過有散落一些睡衣與內衣褲就是了。」

我不需要這個情報。

不對，未必不需要。回想起套裝被脫掉亂扔在起居室的樣子，看得出這對繼姊妹的共通點。

羽川她現在都睡在哪裡？

我想應該不會是走廊……

老實說，即使被下了封口令，我也不是沒想過打電話找羽川討論這件事……她或許能以過來人的身分提供精準的建議。

即使沒這麼做，以羽川的能耐，光是聽完日傘的敘述，就會看透小女孩遭遇怪異現象嗎？

「變化扭轉」。

「我覺得這終究太看得起她了……以蝸牛風格來說就是太蝸得起她了。」

「『太蝸得起她』是什麼意思？」

「羽川翼也不是完美無缺吧？關於這次的事件，我認為鬼哥哥比較適任……因為你知道失敗為何物。」

「…………」

「只是剛好知道而已的羽川翼，只會對紅口姊妹說一堆大道理吧？先不提這個，我想讓你看的不是寢室的內衣褲，是書房的這個。」

斧乃木說完，引導我看向放在書桌上的電腦——薄到令我忍不住懷疑是紙張的筆記型電腦。

「電腦怎麼了嗎？這不是紅孔雀小妹的，是屋主紅雲雀的私人物品吧？」

「小隻骨感妹說不定用電腦找過下一個藏身處……我想調查一下紀錄，就試試看了。」

真徹底……原來如此，即使來求救發現姊姊不在，只要有電腦可以上網……對於沒有智慧型手機（推測）的紅孔雀來說，這或許是最令她感謝的物品。

不對，最令她感謝的是衣服吧。

無論是套裝還是哪種衣服……聽斧乃木描述寢室的樣子，應該也不愁沒有貼身衣物……她現在是穿什麼樣的衣服，正要前往哪裡？

「我沒有自己的電腦，所以不敢說得太肯定……不過這種東西都會用密碼上鎖吧？」

「有上鎖。但我解開了。」

「太強了吧！」

就像是打破窗戶玻璃那樣，破解電腦的密碼？瞧妳一臉像是歷史悠久的妖怪付喪神，其實是走在現代尖端的駭客吧？

「不不不，我也不擅長用電腦喔。我說過吧？身為工具的我，不擅長使用工具。只不過，這次有前提。假設使用過這臺電腦搜尋逃家的去處，那麼這臺電腦的密碼，應該是妹妹也解得開的密碼吧？」

「啊啊……所以是妹妹的名字或生日之類的？」

「終究不是這種密碼。我試過，但是猜錯了。我已經打錯兩次，要是密碼再打錯一次，電腦就會發動保全功能，將裡面的資料格式化。」

這一步真是險棋。

居然對別人的電腦做這種事。

不過，既然她說解開了……

「難道是……『紅孔雀』？」

我說完就察覺不可能是這個密碼。「紅孔雀」這個綽號是日傘取的，日傘和紅雲雀沒有交集。

「差一點喔，鬼哥哥。」

「嗯？」

「密碼是『紅生薑』。」

紅生薑。

這是白天在露天咖啡廳見面的時候，假紅雲雀不小心說漏嘴的綽號——她自己的綽號。

029

姊姊以妹妹不太喜歡的小學綽號當成密碼，先不提妹妹會怎麼想……斧乃木說她查過瀏覽器的搜尋紀錄，可惜還是不知道妹妹的下落。

「嗯?換句話說，到頭來紅孔雀小妹沒用電腦?」

「不，有用過的痕跡。首先，她想知道發生在自己身上的現象，想知道這是什麼症狀，搜尋過各種結果。」

啊啊，說得也是。

比起尋找下個藏身處，應該要先查這件事。一個晚上成長了十年的份，一般不會立刻冒出「這是怪異現象!」的想法。

不會這麼想。

「沒錯。不過，包括後來調查逃走路線，她的搜尋過程好像不太順利……即使是不熟電腦的我，都看得出她的搜尋技術不好。」

「搜尋技術不好？」

「首先她以『成長期　大人　牙齒』搜尋。」

這樣得不到想要的情報吧……「牙齒」是多餘的。

「再來以『成長期　胸部』搜尋。」

「會跳出完全不一樣的情報吧？」

留下這種搜尋紀錄，回國的姊姊會嚇一跳喔。

「關於逃家的去處，也是以『地圖　逃走方法　拜託您』搜尋。」

那乾脆只用「地圖」搜尋比較好。

「逃走方法」當然用不到，「拜託您」是怎樣……以為只要恭敬拜託，電腦大人就會搜尋得更好嗎？

但是，不能嘲笑。

我清楚感受到當事人多麼認真，而且這在某方面來說在所難免。現代的小學生或許不可能沒使用過電腦，不過考慮到她的家庭環境，應該可以認定她的電腦能力，等同於連手機攝影功能都不太會用的神原。

不熟悉搜尋功能就會變成這樣嗎……只不過，即使是這種搜尋紀錄，也可以從中理解某些事。

紅孔雀果然對於自己的身體變化感到困惑，而且想逃走。之所以覺得繼續待在這裡不太妙，果然是因為她認為我在懷疑吧。

哎，畢竟我確實在懷疑。

「說得也是。至少現在這樣可以確定鬼哥哥白天見到的『求職套裝小姐』就是小隻骨感妹。這麼說來，雖然不是求職套裝，但搜尋紀錄也有『大人　服裝』這一條。她因而得出『套裝女性』這個有點偏差的結論。除此之外，她還反覆進行『誰來救救我』、『神明大人救救我』、『誰都好請來救救我』這種沒意義的搜尋。大概持續搜尋了兩小時左右吧。」

斧乃木說。

「不過，只有這種程度的搜尋技術，小隻骨感妹是怎麼知道鬼哥哥的？鬼哥哥說的五環關係逆推法，她不可能會用吧？而且又不能問水戶乃兒。」

「水戶乃兒」逐漸廣為普及。

實際上，連日傘都不一定真的以這個綽號稱呼……說得也是，如同我知道紅口雲雀這個人，紅口雲雀也能以相同方式知道我這個人，即使如此，紅孔雀也做不到這種事。

能像那樣假扮成姊姊，始終是因為我沒見過紅雲雀，要是打電話給水戶乃兒終究會穿幫。

「斧乃木小妹，除了搜尋紀錄，妳查過電子郵件紀錄嗎？」

「咦？不，還沒。我終究不敢踏入這麼私密的領域。」

這孩子明明已經打破窗戶又破解密碼，如今說這什麼話……

「她大概是用電子郵件和水戶乃兒交流過……和父親的對話，大概也是透過電子郵件……人在澳洲的姊姊和父親的對話，她也是用這臺電腦看的吧。」

她因而得知父親在懷疑姊姊，也得知她弄亂的階梯平臺是誰第一個發現。

也得知這個事件變成誘拐案件。

「那個……雖然我也不太清楚……不過電子郵件這種東西，可以在電腦與手機同步更新吧？」

我由衷希望現在加入我們這個調查小組的人選，或許不是羽川翼，而是ＩＴ小組。兩個電腦外行人絞盡腦汁的現狀，別的電腦高手聽到想必會失笑吧。

電腦能力只有小學生水準，這種慘狀實在不想被能以ＳＮＳ和水戶乃兒流利鬥嘴的日傘知道。但是反過來說，既然是我這種人也想得到的事，那麼即使是小學生也做得到。

「ＯＫ，我確認看看。鬼哥哥，可以暫時向後轉嗎？女大學生的郵件紀錄可不能給你看。」

「怎麼突然發揮起這種道德觀念？妳看就沒關係嗎？」

「我是人偶，是類似AI的存在。等同於病毒軟體在掃描郵件信箱那樣。」

好啦好啦，妳說的是。

我聽話向後轉，同時整理思緒。

紅孔雀為什麼特地來到大學見我？

這麼做的風險明明很高（實際上也因而洩漏真面目），卻不惜冒著危險向我打聽「發現時的狀況」，是因為她以為姊姊被懷疑是誘拐犯？

啊啊……所以才逃離這棟公寓嗎？

即使隱情完全不一樣，但如果只擷取要點，現狀確實是有一個下落不明的小女孩躲在獨居的繼姊住處。即使不是被誘拐，而是主動跑來求助，繼續待在這裡也會為姊姊添麻煩，紅孔雀抱持這種想法並不奇怪。

不只害姊姊擔心，還為姊姊添麻煩，妹妹對此過意不去，所以拋棄這個「藏身處」……如果這個猜測正確，那麼老實說根本是紅孔雀在唱獨角戲，但我也曾經在歇斯底里之後躲進體育倉庫，變得看不清周遭的這種心境，我這個過來人很能理解。

視野並不是想擴展就能擴展的東西。即使自以為冷靜，自以為處理得很好，偶爾也會不知何時被逼入進退維谷的狀況。

如果我能趁著紅孔雀在這個房間使用電腦時給她建議，我會說「妳乾脆把一切告訴姊姊比較好」，不過這真的是「我做不到的事」。

不只如此，我至今也沒對家人說過怪異相關的事。怪異相關的事，我只會對透過怪異而認識的朋友說。

希望我可以成為紅孔雀心目中的這種對象，但是我在白天沒能察覺。我對此懊悔不已。

明明不必請日傘要照片，在那個時間點，線索也已經夠齊全了。「誰來救救我」、「神明大人救救我」、「誰都好請來救救我」是嗎……

這樣會搜尋到什麼結果？

如果因而聯繫上貝木那種捉鬼大師，她陷入的泥淖也太深了。

「我調查完了，沒有小隻骨感妹假扮成姊姊和水戶乃兒通信的紀錄。」

背後傳來斧乃木這段調查報告。我猜錯了嗎？她沒使用過電子郵件？

「不，鬼哥哥的推理正確喔。我剛才的意思是說，用不著妹妹假扮，姊姊本人和水戶乃兒通過信。大概是交情沒有好到互加ＬＩＮＥ好友，姊姊以電子郵件問過『第一發現者阿良良木曆』的事。」

天啊。

自己的名字出現在不知情的地方，嚇了我一跳……不過，原來如此。

「然後，紀錄繼續往前翻，是姊姊與父親的電子郵件對話……不過真的是吵個不停。哎，作家的書信往來大概也都是這樣，如果只用文字溝通，一旦起摩擦都會沒完沒了。」

當時日傘與水戶乃兒也吵了很久。

不，那件事即使打電話用說的也會吵很久吧……而且不只是國際電話費很貴的現實問題，郵件內容也證明紅雲雀和父母的關係惡化到無法直接在電話裡說。

結果，原本不必知道的情報，很不幸地被紅孔雀知道了。不過以這種場合，要責備擅自看姊姊郵件的妹妹也很過分。

就我所見，沒什麼東西的這間兩房一廳住家沒安裝市內電話。或許紅孔雀原本是想寫電子郵件向某人求救，而且和搜尋資料一樣失敗了。

不只失敗，還取得不必要的情報……這可以說是資訊化社會的弊害，但是紅孔雀變得不只是要顧慮自己，還得顧慮到她投靠的姊姊。

這種事明明不能多想……

「弊害啊。總之應該不能說成『Hey, guys!』吧。」（註5）

「都這個時候了，妳居然還有心情說笑。」

「那我不說笑，說正經的。小隻骨感妹去見鬼哥哥的原委，也就是過去發生的事情已經查明了，不過關於現在與未來的線索，果然在這臺電腦裡找不到。」

註5　日文「弊害」與「Hey,guys」音近。

斧乃木說完關好電腦。不只是關機，也把摺疊式的機身摺好歸位。

「既然沒線索，就只能在沒線索的狀況思考了……換句話說，紅孔雀小妹現在漫無目的徘徊在夜晚城鎮吧？既然會調查逃家的去處，就代表她自己想不到明確的選項。」

不能說這是好情報。

漫無目的徘徊在夜晚城鎮，這句話沒有任何部分能振奮精神。如果這是一首歌，肯定是沉穩安詳的抒情歌。

不過，既然是在完全脫離學區，也就是人生地不熟的這個家庭住宅區——應該說學生住宅區，而且想不到可以依賴誰，那麼她會去的應該是典型的臨時棲身處吧？像是KTV店、漫畫咖啡廳或膠囊旅館之類的。

現在的她手頭肯定有點錢……從她敢溜進大學來看，她即使沒有電腦能力也有行動力。

「至少外表成為十八歲左右，某些角度來看甚至是大學四年級，所以昨晚必須考慮的狹小空間，應該可以排除在搜索範圍之外。」

「不過，她肯定擁有小學五年級那種不受限的創意發想力吧？說不定出乎意料睡在排水溝啊？」

「唔～～～……」

雖然不太願意想像這幅光景，但總之有可能……KTV店、漫畫咖啡廳、膠囊旅館，或是二十四小時營業的連鎖餐廳與保齡球館，說到小學五年級是否知道這些「典型的臨時棲身處」，其實不好說。

「而且既然身上有錢，也可以出遠門吧？不一定在這附近吧？說不定已經買廉價機票出境前往姊姊所在的澳洲了。」

「沒護照的話不可能吧……」

「不知道喔。說不定是偷渡。」

「偷渡」聽起來不切實際就是了……所以說，雖然「去澳洲」聽起來不切實際，但她離開這塊土地的可能性，感覺還滿高的。

雖然也要看她有多少逃家資金，但如果她不想為姊姊添麻煩，就會認為最好盡量遠離這座公寓……不過如果她會這麼想，應該會為了湮滅證據，好好清理一下起居室與浴室……如果她當時這麼做，我們或許就來得及找到她了。

或許就能救她了。

無論她現在希望怎麼做——即使她想維持大人的樣貌，不想回復為孩子。

可惡，這麼一來，反倒是我需要求救。我現在走投無路。事到如今即使拜託臥煙，她也不一定願意為我出馬。

誰來救救我——神明大人救救我——誰都好請來救救我——

……神明大人？

「我說啊，斧乃木小妹……有沒有可能去神社？」

「神社？」

「如果是神社，小孩子應該也知道吧？畢竟會舉辦祭典之類的。而且遇到困難的時候就要求神拜佛，對吧？她身上的錢肯定出得起香油錢。」

「這個想法不差，可是說到神社也有很多間吧？別說已經鎖定是哪一間喔。我們真的是直到剛才……啊。」

「沒錯。在網路搜尋可能找不到，不過我們直到剛才所在的那間神社供奉的是迷路神明，是世間罕見的神社吧？」

北白蛇神社——神社裡供奉的，是只有不想回家的迷路孩子見得到的蝸牛。新的神明大人。

「既然漫無目的徘徊在夜晚城鎮，那麼離家少女漂泊的終點，不就是八九寺真宵嗎？」

搜查行動至此回到起點。

如同描繪螺旋——漩渦轉動。

030

我一直認為這樣很正常。

我以為家裡沒東西是因為「窮」。所以我希望將來長大之後賺大錢，讓媽媽過好日子。媽媽辛苦養育我，所以我要好好報恩。這是我的夢想。

可是我錯了。

我家不是沒有錢，是沒有愛情。媽媽並沒有辛苦養育我。媽媽在外面吃好多好吃的東西，做好多快樂的事，幾乎每天都和好多朋友玩。

媽媽總是很晚回來，並不是因為加班，是因為在吃「套餐」。媽媽有時候整晚沒回來，並不是因為晚上有別的工作，是因為把酒當成水在喝。

媽媽有時候累了會睡在旅館。不是家裡，是旅館。在媽媽的心目中，家裡不是可以休息的場所。

擁有許多東西，就會產生「執著心」。這是媽媽教我的。

「現在的世界真的沒救了。」

「來，看電視就知道吧？」

「啊啊，沒電視所以看不了。」

「大家手上都放不開手機。這就叫做執著。如果沒有手機，不知道會多麼自由。

妳不這麼認為嗎？」

「妳不認為。說得也是，因為妳沒手機。」

「這就是自由喔。」

「孔雀，我不想束縛妳。」

「在電車這種交通工具上，大家都一直在滑手機。這幅光景很奇怪。已經沒有任何人在看書了。咦？妳問我看書怎麼不是執著？」

「不准頂嘴。」

「媽媽好難過。」

我只有兩件衣服，媽媽說這也是為了讓我自由。穿衣服的順序超好排的。我沒有睡衣，所以睡覺的時候不穿衣服。媽媽說這是最大的自由。

鉛筆只有一根。橡皮擦只有鉛筆後面那一小顆。上所有的課都用同一本筆記本。室外鞋與室內鞋，媽媽本來想讓我穿同一雙，不過老師阻止了。

「那位老師好可憐，被墨守成規的常識束縛。不可以成為那種不自由的大人喔。」

媽媽這麼說。

那麼，自由的我會成為什麼樣的大人呢？

不執著於物品的媽媽，或許是為了將賺來的錢用光而那麼努力。

可是家裡空空的。

家裡浴室只放了一顆香皂。頭髮也是用這個洗得乾乾粗粗的。我直到三年級都不知道洗髮精。至今也不太知道什麼是潤髮乳。潤髮跟護髮有什麼差別呢？

就這麼乾乾粗粗變長的頭髮，都是媽媽拿剪刀幫我剪。用剛才拿來剪信箱信件的剪刀，一分鐘幫我剪好。

沒有牙刷。漱口就夠了。聽說書上是這樣寫的。可是我蛀牙了。雖然好痛，可是媽媽告訴我，我的牙齒是乳牙，不用治療也沒關係。

「看牙醫很痛，妳不喜歡吧？媽媽不希望妳留下不好的回憶。」

牙齒扔著不管，後來就不痛了。可是我覺得某些東西一直在痛。

我一直認為這樣很正常。

031

這不正常。這件事是雲雀姊姊教我的。

「我的爸爸也不正常，所以和孔雀的不正常媽媽再婚了。我家──我們家已經沒救了。我們必須趕快成為大人，離開這個家。」

趕快成為大人。

離開這個家。

雲雀姊姊一直重複這幾句話。就像是某種魔咒。發自內心的咒語。

但是，不需要雲雀姊姊教我，我覺得我其實也隱約察覺了。

媽媽不執著的不是物品，是自己的家，還有我這個女兒。

如同冰塊會融化消失。

只要扔著不管，自己的女兒或許也會突然消失。媽媽是這麼想的。

新來的爸爸對我說，不可以叫他爸爸。

「妳的爸爸是這個世界上唯一的爸爸，不可以忘記那個人。要好好珍惜真正的爸爸。妳不需要什麼新爸爸。把我當成住在一起的叔叔吧。」

我不知道真正的爸爸是誰。媽媽沒告訴我。

居然被女兒問這種問題，我真是可憐的媽媽。媽媽說著就哭出來了。

所以就算對我說「真正的爸爸」，我也聽不懂到底在說什麼。我只確定這個人不願意成為我的爸爸。

是住在一起的叔叔。

可是，雲雀姊姊願意成為我的姊姊。

我的姊姊。

雲雀姊姊給我睡衣，給我橡皮擦，教我什麼是洗髮精，用叫做梳子的東西幫我梳頭髮，帶我去看牙醫。雖然也曾經給我布偶，但是媽媽發現之後把布偶扔掉了。

後來，在媽媽與一起住的叔叔面前，我假裝和雲雀姊姊感情不好。這樣欺騙大人，感覺好像變成了大人，我心臟跳得好快。

雲雀姊姊也教我功課。在這之前，家裡禁止我用功，說我不可以被考試這種東西囚禁，必須發展自由的想像力，可是依照雲雀姊姊的說法，這是要剝奪我獨自生活的能力。我原本不喜歡唸書，可是我喜歡雲雀姊姊教我唸書。

媽媽和住在一起的叔叔結婚（明明一直說結婚是一種執著），是因為住在一起的叔叔很有錢（住在一起的叔叔和媽媽結婚，是因為媽媽是美女。我忘了，我的媽媽非常漂亮）。

可是，就算錢變多了，家裡的東西也一直沒變多，媽媽愈來愈不常回家。住在一起的叔叔，也沒有住在一起的感覺，變成偶爾來住的叔叔了。有時候會和叫做「家人」的同事一起回來，在客廳喝酒。這段時間，我與雲雀姊姊會被趕到外面。

雲雀姊姊會照顧我，所以我和媽媽不一樣，不會覺得自己可憐，甚至覺得自己非常幸福。這樣像是和雲雀姊姊一起過著克難求生的生活，非常快樂。

可是，我不認為這樣很正常。

我知道這種日子遲早會結束。

032

雲雀姊姊年滿十八歲，高中畢業，離開這個家了。雲雀姊姊成為大學生了。願望成真了。

「不可以執著。不可以不放手。因為如果愈是珍惜，離別的時候愈是難過。孔雀，必須覺得無所謂。妳要成為大人。」

到頭來，媽媽說的或許是對的。和雲雀姊姊分開，我難過得像是被刀割，甚至懷疑自己怎麼沒流血。

「對不起。姊姊背叛了妳。」

「居然留妳一個人在家裡，我明明不想這麼做。我明明只是想離開那種父親而已。明明抱持這種想法忍到現在……卻變成現在這樣。」

「其實想帶妳一起走，真的想帶妳一起走，可是這樣會變成犯罪。這叫做誘拐。因為姊姊是沒有血緣關係的姊姊。」

我把姊姊當成真正的姊姊。

「希望妳也趕快成為大人，成功離開這個家。遇到困難隨時聯絡我。我把備用鑰匙給妳。這是我們姊妹倆的祕密喔，紅生薑。」

我不喜歡被叫做紅生薑（我在小學的綽號被姊姊知道，是我這輩子的敗筆。我明明至今還是叫做紅口），不過我好喜歡自己和雲雀姊姊的祕密。我把姊姊的住址用膠帶貼在鑰匙，總是帶在身上。我執著得像是黏在身上。執著到連洗澡的時候都不肯放手。

我不覺得自己可憐。可是，我覺得雲雀姊姊可憐。

因為有了我這個妹妹，所以雲雀姊姊明明那麼努力達成「十八歲就離家」這個目標卻高興不起來。

因為我執著於雲雀姊姊，所以離別的時候好難受。同樣的，因為雲雀姊姊執著於我，所以原本應該很快樂的獨居生活，變得一點都不快樂。

執著是敵人嗎？

媽媽是正義嗎？

然後我的生活回歸正常了。

我家變得空空的。

照顧我的雲雀姊姊不在了，我必須自己照顧自己。

「孔雀，不需要珍惜生命喔。執著於這種東西，人會變得渺小。不需要珍惜自己。媽媽希望妳以自己的方式而活，也希望妳以自己的方式而死。如果想死，隨時都可以死喔。」

偶爾回來的媽媽，還有住在一起（但是沒住）的叔叔，總是一直輕聲對我說這種話。這樣的日子回來了。

如果想死，隨時都可以死。

只要這麼想，我就覺得輕鬆好多，可是也強烈覺得不可以這樣。

就在我過著這種正常的日常生活，內心快要習慣的時候——也可能是內心快要頹廢的時候。

某天放學回家的路上。

我遭遇了蝸牛。

那天是雨天。姊姊買給我的傘被媽媽扔掉了，所以我淋成落湯雞，盡量走屋簷下面的路想要回家。

鞋子溼掉很不舒服，所以雨天我會把鞋子用塑膠袋包起來放進書包，光著腳回家。

在雨中，用跑的比較不會淋溼？還是用走的比較不會淋溼？好像有一個問題是這麼問的，但是我沒用跑的。我一如往常，慢慢走回家。

從學校走回家。

花三個小時走回家。

正常走的話，大約十五分鐘就回得了家，但是和雲雀姊姊說再見之後，多一秒也好，多零點一秒也好，我想盡量晚點回家，所以走得很慢很慢。上學的時候反而是快快跑。

這種慢慢走的「技術」，一定是我第一個發明的，我覺得好愉快。

慢慢走，慢慢走。

是的，我就像是蝸牛。慢慢的，慢慢的，一步一步走回家。

不想回家的我，看到柏油路面凹陷的小水塘，想說反正溼透了就不必躲開，光腳踩下去的時候，聽到一聲不是水聲的聲音，傳來一種不是水面的觸感。

然後也有一種被某個東西刺到的痛楚。難道是玻璃掉在水塘裡嗎？當時我好慌張。因為現在就算受傷生病，會帶我去醫院的雲雀姊姊也已經不在了。

不是玻璃。

刺到我的是貝殼。

貝殼——殼。

不，雖然是殼，卻不是空殼。因為這個貝殼，是把殼裡裝得滿滿的蝸牛。

慢慢走的我，把水塘裡的蝸牛先生踩扁了。

033

首先是門牙脫落。一下子就掉了。我想是上排右邊數過來第二顆。是以我為基準的右邊。不過沒多久之後，上排左邊數過來的第二顆牙齒也脫落了，所以或許沒差。

我一開始很高興。媽媽說乳牙會換牙所以不用治療，可是我的牙齒在這之前連一顆都沒掉。升上五年級，連一顆牙都沒換過的人只有我。保健老師對我說，「極少數人」的乳牙不會換牙，但是沒關係。

可是，雲雀姊姊很擔心我，說我一定是缺乏營養。看著這樣的雲雀姊姊，我擔心自己這樣下去可能沒辦法成為大人。

所以我很高興乳牙掉了。覺得可能是踩到蝸牛先生受到驚嚇才掉的。我心裡有一半覺得可憐，有一半覺得噁心。

不過這兩種想法很快就全部消失了。因為不只是剩下的門牙，其他牙齒也一顆顆脫落，噗咚噗咚掉進水塘。我好慌張，立刻撿回掉落的牙齒，想要重新裝好回復原樣。可是沒能回復原樣，哪顆牙齒要裝在哪個位置，我一下子就錯亂了。

我變得好害怕。

我覺得是我踩扁蝸牛先生的報應。雖然牙齦不痛，全身卻開始刺痛。

現在回想起來，那應該是班上同學說的「成長痛」。可是當時的我覺得是天譴。像是全身一直被揍，沒辦法靜心承受的痛楚，使我拔腿狂奔。明明直到剛才都在挑戰能走得多慢，卻在雨中忍不住向前跑。

可是，就算跑了也沒變舒服。太痛了，我受不了。

我覺得死掉還比較好。

我想死了。

所以我尋找高的地方。媽媽曾經告訴我，從高的地方跳下來就會死。

想死就死吧。

我立刻想到學校的校舍，但我往反方向跑了。現在才掉頭沿著原路往回跑，我覺得很離譜。

我聽到劈劈啪啪的聲音。之後回想起來，那應該是衣服裂開的聲音。也可能是書包背帶陷入皮肉的聲音。

我看見停車場。兩層樓高的立體停車場。感覺不夠高，跳下來不一定會死，但我下定決心挑戰看看。

我實在等不及電梯開門，在疼痛的驅使之下，高速衝上安全梯。

從樓頂跳下來就可以變得輕鬆。可以擺脫這股像是從內側與外側同時勒緊我的痛楚，獲得自由。

只要放開生命，就能解脫。

但我用盡力氣了。我在快到樓頂的地方倒下。陷入皮肉的書包像是要扭緊身體，像是要扭斷全身，我好不容易才脫掉。撿回來的牙齒也在這時候全部掉到地上。

我眼前變得一片漆黑。

還以為是因為昏迷，但我發現是因為我倒地的時候，長到大約一公尺長的瀏海遮住我的臉。

034

當我察覺的時候，我已經成為大人了。一直被要求趕快成為大人的我，希望趕快成為大人的我，真的變成大人了。

剛開始，我以為是穿越時空。我以為我在這條階梯睡了十年左右。但是我逐漸回想起昨天的事。

全身的疼痛已經消退了。

嘴裡的牙齒長齊了。包括原本沒長的最深處，右上、右下、左上、左下都各長出一顆。

這就是傳說中的智齒吧。

我沒有鏡子，所以用書包的金屬部分反光，確認自己的臉……是大人。剛好和姊姊差不多年齡。

頭很重，我慢半拍發現頭髮變得好長，然後胸部變重，好想問這是什麼……除此之外，身體也出現各種變化。

我想起之前在學校，只有女生上的那門課。原本以為連乳牙都沒換掉的我和這種事無關，我卻一口氣超越班上的大家。

和雲雀姊姊一樣，十八歲的大人。

可以離家的我。

我覺得肯定是神明大人實現我的願望。我以為不小心踩扁的那個蝸牛先生，或許是神明大人。

我以為踩扁之後會受到天譴，但是不知為何，我好像獲得獎賞了。

我不懂神明大人的想法。

這樣就可以離家了。

可以去雲雀姊姊那裡了。

可以再和雲雀姊姊一起住了。

任憑痛楚驅使，粗魯甩掉書包的時候，書包裡的東西散落在各處，但我很快就找到備用鑰匙。

我用膠帶貼了字條，所以知道公寓在哪裡。「花藝曲直瀨」的三〇七號房。

我原本想立刻出發，但我想了一下，決定等到晚上。

雖然不清楚，但是現在成為十八歲的我，要是不穿衣服前往姊姊家，我總覺得不太妙。

我已經是大人了。

必須注意行為舉止要遵守分際。

雲雀姊姊肯定也要上學，至少等到晚上吧。只要就這麼待在這裡，應該也不會有人來。

總之，地板很硬，聲音也很大，不算是舒適的藏身處。但是即使如此，還是比家裡舒適。

我第一次外宿了。

我覺得自己理解媽媽的心情了。

不在家裡，可以睡得很好。

035

我把門牙放進自家信箱之後才去雲雀姊姊那裡。我不會說自己這麼做是當成小小的惡作劇。

不是什麼惡作劇，那是我對媽媽以及住在一起的叔叔——曾經住在一起又沒住在一起的叔叔進行報復。

我承認。

我已經不是純真的小孩了。

我早就決定成為大人之後要離家，同樣的，也一直想在成為大人之後報復那些人。

我和雲雀姊姊不一樣。我覺得雲雀姊姊即使離家，內心某處可能還是相信自己的爸爸。

要是看到信箱裡有人類的牙齒，他們肯定會嚇到。因為這就像是要拿信的時候突然被咬一口。

剛開始，我想把脫落的牙齒全部放進信箱，但我重新認為這樣可能太恐怖，所以減半。

我覺得減半還是太恐怖了。

到最後，二十顆牙齒減半成十顆，再減半成五顆，三顆，最後決定放一顆。

首先脫落的那顆門牙。

選這顆牙齒的原因，在於這是第一顆蛀牙。仔細一看會發現內側有蛀過的痕跡。雲雀姊姊帶我去看的那位牙醫先生，大概會從這個痕跡發現是我的牙齒，但我當時沒想到這麼多。

只不過，恐怖到連我自己都會怕，令我毛骨悚然的這個報復計畫，真要說的話只是順手這麼做。要從我躲了一天的停車場走到雲雀姊姊家（沒錢的我只能用走的），無論如何都必須經過家門口，所以我想要一個經過的理由，想要一份經過的勇氣。

復仇計畫實行了。

我真的做了不必要的事。我對此反省。我這種丟臉的復仇心，居然害得雲雀姊姊被懷疑是誘拐犯，我沒想到會這樣。

我是壞孩子。

我是壞大人。

對於這樣的我，神明大人果然給予懲罰了。我半夜沒穿衣服走在街上，中途還迷路（不是迷路孩子，是迷路大人？），好不容易抵達雲雀姊姊的公寓（我沒自信沒被任何人看見），可是雲雀姊姊不在家。

姊姊明明不在家，我卻擅自進到家裡，我覺得這樣不好。可是我差不多快要整整兩天沒吃東西（但我習慣餓肚子了），又走了一整晚走得好累，所以我決定到房間裡休息。如果我一直沒穿衣服待在走廊，我覺得也不太好。

我認為雲雀姊姊肯定很快就會回來。雲雀姊姊看到成為大人的我，不知道會說些什麼，我好期待。

看到廚房放了一套兒童用的餐具，我覺得這是雲雀姊姊為了隨時迎接我來玩而做的準備。

我好感動。

可是這些餐具用不到了。因為我和姊姊同年了。想到這裡就覺得有點快樂。

我擅自吃掉冰箱裡的東西，又擅自洗澡。一直沒穿衣服很冷，所以我也擅自借穿衣服。屋子裡有裝空調，可是我不知道怎麼使用。

話說回來，雲雀姊姊家有「好多好多」的東西，我覺得像是天堂。

和我家不一樣，待在這裡非常舒服（先前覺得舒適的安全梯，果然只是安全梯），我覺得只要待在這裡，我可以一直等下去。

可是即使我一直等，雲雀姊姊都沒回來。

過了好幾天都沒回來。

我又開始害怕了。

雲雀姊姊該不會出了什麼事吧？或許有人說這是胡思亂想，但我覺得我成為大人的代價，說不定是雲雀姊姊在某些部分變成小孩。

那我必須要救姊姊。這次輪到我一定要保護雲雀姊姊。

我冒出這種錯誤的想法，開始在屋內尋找線索。

模仿我在圖書室讀過的推理小說。

電腦是在最後才調查。因為我不太會用。住在一起的叔叔，在家裡的時候會用電腦工作，我頂多只看過那麼幾次。可是其他地方都徹底查過，可能找得到線索的只剩下這臺電腦。

密碼是「紅生薑」。

雲雀姊姊好可惡。我有點不想拯救跟保護姊姊了。

不過，看到電子郵件的框框？在閃爍，我的使命感成功復活。

雖然不太懂郵件的構造，但我從文章看得出來，住在一起的叔叔和雲雀姊姊在吵架。

看不懂的漢字也很多，事情的細節不清楚，不過他們好像以為我被誘拐了。

雲雀姊姊的同年級同學，好像發現我的衣服、牙齒與書包了。那個人到底為什麼跑去那種地方？

原來有人會做這種莫名其妙的事。

而且，雲雀姊姊被懷疑了。住在一起的叔叔，雲雀姊姊的「真正的爸爸」在生氣。

這樣會害我變成罪犯的家屬吧？他用很難聽的字眼在罵。這個「真正的爸爸」對雲雀姊姊非常生氣。

我看不下去了。

我想立刻向雲雀姊姊報平安，但我不知道怎麼寄電子郵件。要是用錯方法，這臺機器可能會爆炸，而且我該怎麼說？因為我的關係，雲雀姊姊被誤認是誘拐犯，我要怎麼對雲雀姊姊說？

誘拐犯是死刑嗎？

就算這樣，我還是希望電腦寄出電子郵件別爆炸，在進行各種「摸索」的過程中，我學會怎麼看雲雀姊姊和別人的通訊了。

是叫做樟腦水戶乃的人。

我不知道這個人是誰，但我從通訊內容，得知發現安全梯的人叫什麼名字。

雲雀姊姊的同年級同學。

是叫做阿良良木曆的人。

只能去見這個人了。光是偷看郵件通訊看不出來的細節，就去問這個人吧。看來他們沒見過面，只要我假扮成雲雀姊姊，這個人肯定會說明一切。

假扮雲雀姊姊。成為雲雀姊姊。

明明不是這麼做的場合，但是這個想法使我內心有點雀躍。

在這個時候，我覺得我或許不是想成為大人，而是想成為雲雀姊姊。

總之，為了避免阿良良木曆先生識破我其實是妹妹又是小孩，我必須盡量打扮得成熟一點，而且盡量打扮成雲雀姊姊的樣子。

穿上衣櫃裡的衣服，肯定會變得很像雲雀姊姊。

至於成熟一點的衣服……用這臺電腦應該查得到吧。雖然不會寄電子郵件，但我好歹會上網搜尋。輕而易舉。

電腦是什麼都會教我的魔法盒。不過這臺電腦薄得像是紙。魔法紙？

今後的事情，電腦也能調查嗎？

今後。今後逃亡的去處。

既然可能為雲雀姊姊添麻煩，我就不能一直待在這裡……必須找地方逃走。

可是，我可以去哪裡呢？我可以回去哪裡呢？

我已經沒有可以去的地方，也沒有可以回去的家。

成為大人的我，已經沒有能成為的東西了。

因為我成為大人了。

我已經結束了。

036

「是的，確實結束了。妳人生當中辛苦的部分結束了！」

傳遍神社內部的響亮聲音用力這麼喊完，新神明的迷路之神八九寺真宵，以等同於聲音的力道，緊抱著凌晨前來參拜的求職套裝小姐，也就是紅雲雀，也就是紅口雲雀，也就是假紅口雲雀，也就是小隻骨感妹，也就是紅口孔雀。

看起來是外表十歲的神明緊抱外表十八歲的小女孩，所以這幅構圖變得相當失衡。這是雙手勉強能在對方背後交握的擁抱。

「好啦，接下來快樂的事情會接踵而至喔！想做的事情逐一做完吧！不管什麼都能做，因為紅孔雀小姐，妳還活著！」

沒死掉真的太好了！

歡迎來到我家！

說明到一半就頹然坐在境內的紅孔雀，八九寺將自己的臉用力貼上她的臉。就像是一直想這麼做，努力忍耐到她說明完畢的此時此刻。

「交朋友吧，交男友吧，成立家庭吧！今後會遇見很多喜歡的人喔！執著於他們所有人吧！緊抱妳想要的所有東西吧，就像現在我做的這樣！妳不必放棄任何東西了！超棒的對吧，我好羨慕！可以去任何地方，也可以吃任何料理！甜食也能吃得精光，蛀牙也全部治好！想怎麼幸福就可以怎麼幸福喔，從現在開始，妳的人生總是會發生不平凡的事！如果下定決心踏上異想天開的生涯，就啟程出發吧！不需要假裝，妳可以成為任何人！像是歌手，像是漫畫家，像是演員，像是運動員，像是政治家，像是太空人，肯定連光之美少女或假面騎士都可以！好啦，這是艱難的選擇！妳想走哪一條路呢？」

「我……我想……」

對於八九寺毫不換氣的連珠砲，紅孔雀好不容易開口回應。明明想哭的話可以哭，但淚水早已流盡。

所以，她露出半哭半笑的表情。

看起來不像大人。

「我想……見雲雀姊姊。」

「那就見她吧。」

「我想離開那個家。」

「那就離開吧。好，妳已經離開了。那裡不是妳的家。」

「我想……討厭媽媽。」

「可以討厭沒關係喔。」

「住在一起的叔叔……」

「不用想他的事情沒關係。」

「我想要衣服……」

這麼說的紅孔雀，現在是赤身裸體。

原本以為她脫掉新生套裝之後換上別的衣服，但是不想繼續為姊姊添麻煩的她，不可能再穿姊姊的衣服。

紅孔雀是一絲不掛，赤腳爬上這座山。

「我立刻準備。妳真是毫無慾望。想穿什麼衣服呢？」

「可愛的……像是孩子的衣服。我……」

紅孔雀許願了。

向神許願。

「我想要變回孩子。」

「那就變回去吧。」

八九寺更用力將自己的臉貼在紅孔雀身上。

「然後緩慢地、充分地、仔細地、悠閒地，花時間好好成為妳心目中的大人吧。」

不必操之過急。

因為，妳還活著。

八九寺在最後又重複說一次。

重複一次又一次——如同螺旋。

037

接下來是後續，應該說是這個事件的結尾。

紅孔雀當然不是完全憑一己之力抵達北白蛇神社，是這間神社的主人八九寺引導她前來的。

如果做得到這種事，那麼一開始就該這麼做吧？請各位不要無情這麼說。至少我沒想到她能引發這種「奇異現象」。此外，從紅孔雀的說明來推測，她最初訂下「姊姊自己住的地方」這個明確的目的地，所以是從她昨晚赤身裸體衝出姊姊的公寓開始，才真的可以說是「迷路」。

迷路。

迷惘找不到路。

被死路包圍。

如果說成「裸奔」，給人的印象就變得激進又圓融，不過十八歲的女生一絲不掛在鎮上徘徊，不知道會發生什麼事。基於這層意義，我們算是在緊要關頭趕上了。

不過到頭來，我很難說自己真正參與了這個事件。若問誰是最參與這個事件的人，肯定是本應一直在神社留守的八九寺。

「抱歉，我咬了。」（註6）

就是這麼回事。蝸牛也有牙齒——聽說是如同銼刀的牙齒。

沒錯，是八九寺真宵。

她毫不迷惘。

那種程度的全盤肯定，我做不到。知道世界沒這麼溫柔的我做不到。

羽川、忍野、臥煙也都做不到。紅孔雀曾經說過「死掉還比較好」，我們無法否定這句話。

任何人只要活了快二十年，都會經歷過一次心想「死掉還比較好」的局面。

正因為八九寺在十歲的時候死掉。

正因為八九寺甚至下過地獄。

所以她才能那麼率直、那麼真誠地為紅孔雀還活著感到高興。

註6　日文「參與」、「咬」與「口誤」都同字。

這幾天，以及這十年，辛苦妳活下來了。

謝謝妳出生在這個世界。

謝謝妳在這個世界活到現在。

如果我這種人在影音訊息說這種話，真的會引來眾人失笑收場，而且聽在某些人耳裡可能是高姿態的囂張發言，但是有什麼關係呢？就當成是神明說的，左耳進右耳出吧。

硬是被我從地獄帶回來，沒有選擇餘地半強迫掌理北白蛇神社的八九寺，老實說，我並不是不擔心她是否能勝任，不過我這種多慮還滿少見的。

她非常適任。

如果妳從一開始就在這座神社，我應該也不會成為吸血鬼吧。不過這樣我就不會認識妳，這可不行。

那麼，先完成例行的報告吧。忍的能量吸取成功，紅孔雀回復為十歲兒童的模樣——回復為原本的模樣。雖然這麼說，但這種治療方式相當強硬，我想應該會痛。是和成長痛相反的痛。不過紅孔雀甘願承受這種痛楚。

沒讓自己輕鬆面對。

斧乃木聯絡臥煙進行善後工作。視為誘拐案件開始行動的當地警察就這麼被阻止，事件本身當成沒發生過。這種不可能的任務只有臥煙做得到。

坦白說，這次欠了好大的人情……無法想像我四年後必須怎麼回報。但我內心其實也有點期待……因為見不到面，所以我才敢這麼說：長達四年見不到那個人果然會寂寞。她能不能毀約呢？

不過，事件發生時位於澳洲，也就是擁有完美不在場證明的紅口雲雀，包含她的父親在內，原本就沒有任何人真的認為她是誘拐犯。

用不著還她清白，只不過是電子郵件看得似懂非懂的紅孔雀太早下定論了。哎，反正我的推理也幾乎落空，所以不想對此說些什麼。

把立體停車場當成藏身處是為了跳樓，把門牙放進信箱是為了當成驚奇箱嚇人……誰猜得到這種事？

孩子的想像力果然無限大。

就算這麼說，回復為小女孩的紅孔雀，當然沒回到紅口家……神不會毀約。她那有名無實的父母所做的事——沒做的事，應該不是棄養那麼簡單。

不只是民事案件，足以成為刑事案件。

不需要臥煙出馬，（已經以「兒子的擔保人」這種丟臉形式參與本事件的）我爸媽應該不會坐視。我也不想坐視。

一年前黃金週沒做到的事，現在來做吧。

我曾經做不到的事，由我來做。

不是因為已經成長。

是為了成長。

更重要的，是為了讓世界變得更好。

「所以？曆，發生了什麼事？如果不介意告訴我，我就聽你說吧。」

「給我消失。」

「沒想到你居然會叫我消失……嗚嗚嗚……」

黑儀一邊模仿古典藝能舞臺劇演員的哭泣聲，一邊就坐。場所和前幾天一樣是曲直瀨大學校內的露天咖啡廳。

今天的天氣很不巧地像是會下雨，所以不像前幾天坐在露天座位，而是在室內度過午餐時間。

應該說是午餐會報吧。

封口令很難說完全解除，而且這是敏感的話題，不過自從和這個棘手的女大學生交往，我就允諾會分享所有怪異相關的經驗。雖然當初不覺得這個事件和怪異相關，不過既然過程中牽扯到「變化扭轉」，我就必須履行承諾。

我盡量顧慮到個人隱私，向黑儀大致說明。述說某個孩子想趕快成為大人的物語。

「唔～～這樣啊。哇～～原來如此。太好了。總之是快樂的結局。哎呀～～不枉費我在百忙之中過來問。大家都留下美好的經驗吧？」

「說真的，妳這傢伙給我消失吧。」

既然沒興趣就別跑來問。

這完全不是快樂的結局喔。

「是為了邁向快樂的結局而努力吧？那不就像是快樂的結局了？」

「明明沒在聽，卻說得像是有聽進去……」

「還是說，曆成功開發了『外在十八歲以上，內在卻是小孩子』的模式，當成戀童的嶄新形式？我男友真的總是致力於鑽法律漏洞。」

「等妳點的阿薩姆拿鐵上桌，就立刻給我回去。滾回老家。去被妳爸爸好好訓一頓。」

「哎呀哎呀～～」

黑儀插了一段三個世紀前應該會引人捧腹大笑的笑話。然後繼續問。

「換句話說，『變化扭轉』是讓時間加速的怪異？」

看來她剛才還是有在聽，至少記得這個專有名詞。

「不是加速，應該可以說是扭轉吧？正如其名……扭轉空間、扭轉時間。或許可以乾脆形容為抄捷徑。不是沿著螺旋構造的渦狀路線打轉，而是筆直朝著中央前進的感覺。」

蝸牛始終是蝸牛。

不會高速行走——會抄捷徑。

「『欲速則不達』的相反是吧。原義是趕時間不能冒險抄捷徑，這次的事件卻是為了趕時間而冒險抄捷徑。想變回孩子啊……我原本以為『想變回當時的自己』這種想法是無聊的感傷，不過聽你這麼說，我就忍不住深思了。」

「妳真的有在深思？」

「別懷疑女友說的話。不提我是否在說謊，在你懷疑的時間點，我就看得見我們的關係會在未來出現裂痕了。」

雖然她的毒舌形象真的已成往事，但是能言善道的這一面依然沒變。「想變回當時的自己」是吧……

總之，雖然可能和我獻給女子籃球社的影音訊息相反，但我內心並不是沒有「想回到高中時代」的心情。

那時候真好。

那時候比較好。

明知沒有比較好，明知當時留下許多難受的經驗，卻還是會這樣想的原因，在於人類為了對未來抱持希望，也想對過去抱持希望。

以前真好。想要這麼認為。

想要這麼相信。

但是，為此還是得好好累積這樣的「過去」才行。不抄捷徑，不惜繞遠路。欲速則不達。

模仿那個討人厭騙徒的說法，這就是我從本次事件應該得到的教訓吧。即使是畢業、升學，踏上人生新道路的現在，等到十年後回頭一看，依然是會引來哀愁，覺得「那時候真好」的過去。

「八九寺小妹曾經是能夠捕捉『不想回家』這種心情的怪異，如今她運用昔日不算快樂的經驗，拯救了一名離家少女。完全和我這個顧問說的一樣。」

「但我沒找妳當顧問啊？」

「我對你說過吧？說你是阿良良木曆。你還需要更詳細的導覽板嗎？」

原來如此。

這種顧問手法沒那麼容易，感覺做得到卻做不到。

「我將來預定會成為操盤金額動輒上億的金融顧問。呵，等不及迎接十年後了。真希望『變化扭轉』扭轉我的時間。」

「妳是從什麼方式與角度聽我說完才得出這個結論啊？」

果然沒在聽吧？

真是的，戰場原黑儀完全是戰場原黑儀。

「說起來依照傳承，『變化扭轉』是上山工作的孩子突然變成大人回家的怪異奇譚。我現在才想到，這是不是近似『神隱』？記得不是有失蹤的孩童經過十年左右突然回來的傳聞嗎？」

「這個傳聞應該是即使經過十年，孩童依然維持原本的模樣回來吧？……不過既然八九寺小妹從父母手中藏起那個孩子，形容為『神隱』確實巧妙。就像是避難寺廟那樣。」

黑儀說。

並不是寺廟，是神社……不過，八九「寺」是嗎……包括同樣是蝸牛，這方面的共通點好像有研究的餘地。

總之，這是臥煙的工作……

必須有所區別才行。

「高中時代做不到的事，現在做得到了。相對的，高中時代做得到的事，也有很多是現在做不到的。像是讓幼女坐肩膀。」

「咦？但我還是完全做得到啊……」

「既然會被蘿莉奴隸笑話逗笑，看來應該真的解決了。那麼，我下一節還有課，先離開了。為了成為配得上我的男人，今後也精益求精吧。」

「這是哪門子的總結？」

「我今後還是會經常過來檢查，別掉以輕心喔。」

黑儀說完露出微笑，拿起自己的帳單起身瀟灑離開。她剛才說她很忙，大概是今天下一節課的教室也很遠吧。

被時間追著跑。

我覺得那傢伙也可以再把步調放慢一點……總之，她在百忙之中依然願意像這樣過來聽我說話，我還是應該心懷謝意吧。

好啦，我也差不多該去上課了。

走慢一點沒關係，但是停下腳步終究不妙吧……今天真的該和命日子打交道了。我如此心想準備離席。

「請問一下，這裡沒人坐嗎？」

就在這個時候，某人像是鎖定黑儀離席的這個時間點，要求和我共桌。

別說那裡沒人坐，我現在也正想離開，不過這股既視感使我坐了回去。

位於眼前的，並不是身穿求職套裝的女大學生。

是穿著健康的白色上衣加吊帶裙，戴著鬱金香帽背著書包，小隻又骨感的小學女生。

腳上穿的不是包頭鞋，卻也不是赤腳，是和雨傘同色系，很適合在雨天穿的長靴。

「沒人坐……但妳不用上學嗎？妳剛轉學吧？」

「我今天上半天課。」

不知道是養成習慣，還是和我的吸血鬼體質一樣是怪異現象的後遺症，只有語氣依然客氣無比的她——紅孔雀說完就坐。

半天課啊……

「所以，在回到雲雀姊姊家——回到我們家之前，我想重新向阿良良木曆先生道謝，在放學途中繞路過來。」

繞路啊……

哎，應該是等不及傍晚，用這種藉口來到大學見姊姊吧，但是她特地過來向我打招呼，我率直感到高興。

結果在那之後，我沒見到不顧一切緊急回國的紅雲雀……不過或許總有一天會透過水戶乃兒見到她。

有緣千里來相會。五環關係。

到時候，希望我和女童一起非法入侵的事情沒被發現。雖然這麼說，不過就算她想重新道謝……

「我說過吧？不必多禮。我只是做了理所當然的事……更正，做了不是理所當然的事。」

「這樣的世界，我覺得很美妙。」

紅孔雀如此回應的時候，服務生前來點餐。已經不必假裝成大人的她，會點柳橙汁還是奶昔呢？

無論她點什麼，為了慶祝她重新出發，我再請她一次吧。如此心想的我看著小女孩的下一個行動，最後，紅孔雀露出緊張的表情。

「我要咖啡，請給我黑咖啡。」

她這麼說。

……哎，這種程度的裝大人，才是孩子應有的模樣吧？

第三話 真宵・蛇

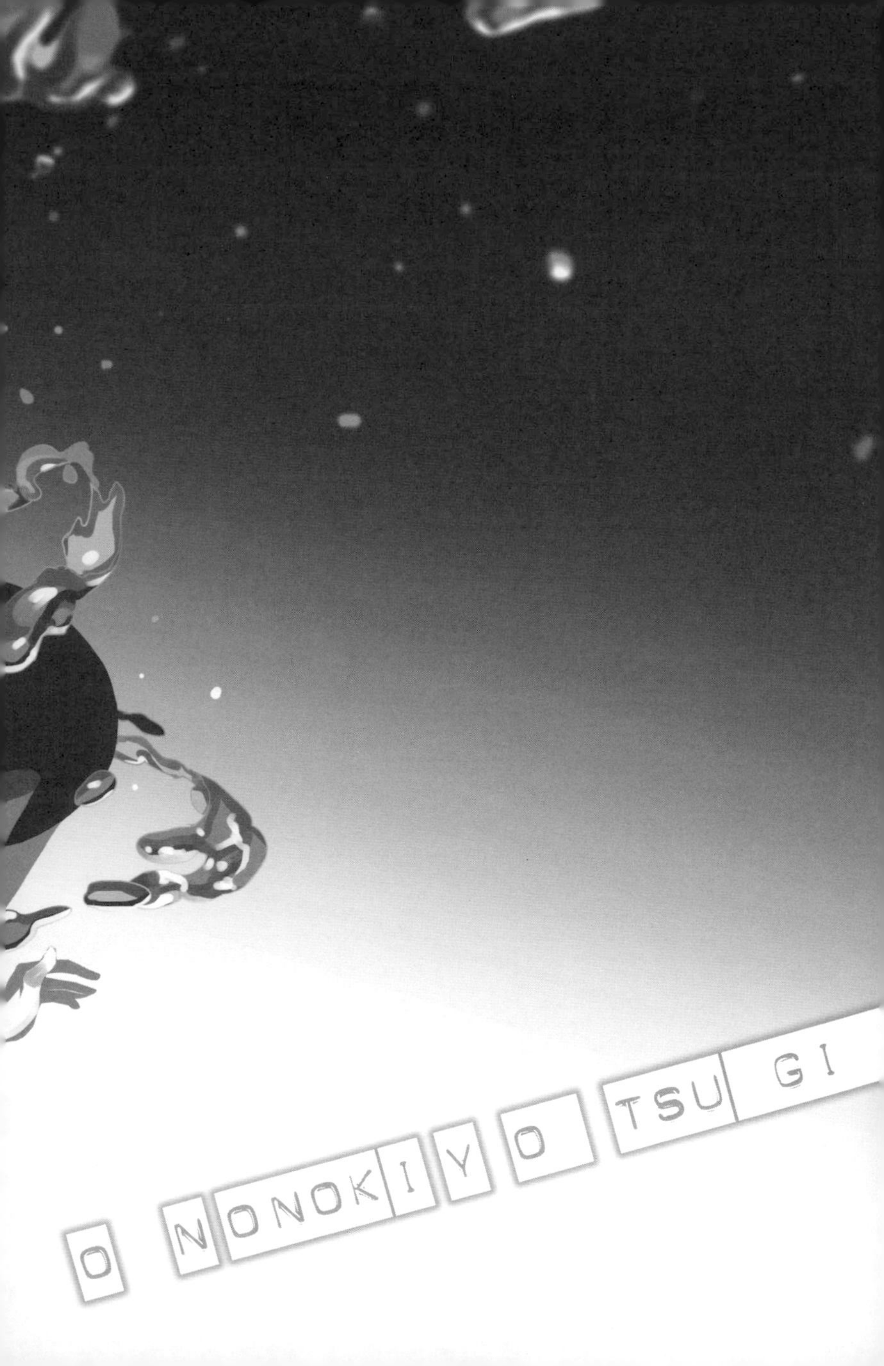
O NONOKIYO TSU GI

001

新神八九寺真宵掌管此地之前，住在北白蛇神社的是千石撫子。也就是我。是我。是我！

但我當時沒做神明會做的事，沒資格抬頭挺胸這麼說。我在數字上已經是國中三年級（沒去上學），最近身高長高，胸圍也隨著成長，但我還是不敢抬頭挺胸，不好意思這麼做。

至今我想起當時的事，還是會駝背。

像是蛇抬起頭的彎度。

會忍不住扭動身體。

不過，就算這麼說，我也不是早就把那座神社與繼承者完全拋到腦後，我沒有這麼不負責任。我的繼承者，也就是在我鬧得天翻地覆之後接棒，換句話說，承擔起不良債權的那位新神明，我在抱持些許罪惡感的同時感到好奇。

聽說是蝸牛。

蛇與蝸牛，我覺得和佛朗明哥舞與草裙舞一樣天差地遠，不過這部分好像是以三方相剋的理論牽強附會。

蛙怕蛇、蛇怕蛞蝓、蛞蝓怕蛙——換句話說，和蛞蝓是近親的蝸牛，可以吞噬蛇的威脅，就是這麼回事。

我覺得原來如此而接受，不過在去年的某段時期，十萬根頭髮全部化為蛇的我要表達一下意見。老實說，我認為這個三方相剋的理論不成立。

因為，蛇會吃掉喔。

蛞蝓也照吃不誤。換句話說，蝸牛也照吃不誤。

會大口吃，大口吞下肚。

其中的（在山中的）琉球鈍頭蛇，甚至是以蝸牛為主食的蛇。無論是蛙、蛞蝓還是蝸牛，在蛇的面前都像是一連串的套餐。

雖然並不是因為這樣，但我有點擔心，有點不安。將我拋棄的責任一肩扛起的她——八九寺真宵，不知道現在做得怎麼樣。

先前我光是顧好自己就沒有餘力，一直拖拖拉拉輕易放過機會，拖延再拖延至今，但是我無法實現的初戀也已經告一段落，看來差不多是時候了。

我已經從曆哥哥的事情畢業了。

接下來，就從神明的事情畢業吧。

不然的話，我無法從國中畢業。

002

「就這樣，真宵姊姊漂亮拯救了小學五年級的小隻骨感妹。撫公，和妳這傢伙大不相同。」

千石家的二樓，人偶女童斧乃木余接拿椅子坐在我的房間中央，就這麼維持李奧納多・達文西畫作「蒙娜麗莎」的姿勢，告訴我這件事。說到屍體人偶女童斧乃木余接，在世間維持著面無表情語氣平淡的角色形象，但她現在擔任我的素描模特兒，所以臉上掛著淺淺的笑容。

其實她只是讓肌肉僵直（死後僵直）成這種模樣，絕對不是在微笑，但總覺得只有我有幸看見這張超珍貴的表情……這孩子明明會說「和妳這傢伙大不相同」這種傷人的話，為什麼願意為我這種人做這麼多呢……

我詫異得不得了。

「沒有啦，紅口孔雀或鬼哥哥的意見當然會不一樣吧，不過以我個人來說，我覺得妳的作風比較像是神明該有的樣子。為了一個人，而且是鄰鎮的人做到那種程度，終究太過火了。可以說無視於本分的越權行為。像妳這樣在掌管城鎮的時候只考慮自己的事情，也有人認為這才是稱職得多的神明。神明只要存在於該處就好。」

「是喔……原來如此。」

「不過進一步來說，存在著各式各樣的神明比較好。『大不相同』是好事。總之，妳的繼承人姑且完成了工作。這樣可以說試用期已經結束了。」

「shi yong qi……」

「『試用期』好歹用中文寫出來吧？」

為什麼知道我是用羅馬拼音？但我現在不是在寫中文，是在畫斧乃木。

抱歉這時候才說明，辭去神明職務的我，現在窩在家裡畫漫畫。

斧乃木每週會來玩三次，協助我提升畫功。

不，我當然知道，斧乃木不是單純基於善意與厚意協助我實現將來的夢想，是因為我好歹當過神，她要監視我避免我亂來。

「我想我之前也說過，鬼哥哥在這方面也大概誤解了一半，我監視的對象基本上只有阿良良木月火一個人。妳與鬼哥哥是順便，也可以說是幌子。幸好這次的事件沒牽扯到阿良良木月火，所以我也得以發揮本領。」

「是喔……月火……」

「如果阿良良木月火死掉，那就是更幸好的結果了……那傢伙要怎樣才會死掉啊……」

「那個，室友想吐多少苦水我都會聽，不過斧乃木小妹，別忘記月火姑且是我的好友喔。」

「好友只要有我一個就夠了吧？」

「只有危險的孩子願意當我的好友嗎……」

不過，原來如此。

試用期結束了啊。

我可以說自己鬆了口氣嗎？

我在絕對不算短的時間，以那座北白蛇神社為據點玩過神明遊戲，不過如今這段經歷已經完全成為往事。不，我當然沒懷抱野心想在未來重返神明寶座。

因為無論斧乃木怎麼說，我從來沒做過神明該做的事。

別說為城鎮帶來平穩，甚至帶來混沌。沒能拯救任何人。包括我自己在內的任何一人。

「不過撫公，我覺得不久之後，應該會請妳做這種『神明該做的事』喔。」

「咦？什麼意思？」

「以妳立志想成為的漫畫家風格來說，就是要換責編了。當時因為貝木哥哥搗亂而順其自然不了了之的繼承儀式，應該會重新好好舉行。考慮到妳的將來，這時候應該見臥煙小姐一面。」

換責編，這比喻真妙。

原來如此，和臥煙小姐見面的這一刻終於要來了。

貝木先生的學姊，專家的總管。久仰大名。

就某方面來說，她也是昔日把我拱為神明的當事人……不過考慮到將來，確實必須見這個人一面。

下定決心吧。

我要成為大人。

「不過，斧乃木小妹，我可以問嗎？臥煙小姐是什麼樣的人？」

「是留下各種傳說的人。總之，她舉止溫和，個性友善，妳不用這麼害怕。神權繼承的儀式內容，將會由那個人獨斷決定，但她再怎麼說都對孩子很好，不會讓妳留下恐怖的回憶。但她就是這一點恐怖。」

不過雖說恐怖，也沒我的姊姊恐怖。

斧乃木甚至收起硬擠出來的玩笑，補充這句話。

003

「我是影縫余弦。請多指教。」

夜晚的北白蛇神社。

毫不客氣坐在香油錢箱上的人，是身穿褲裝的漂亮姊姊。原本想說她比我聽聞的年輕許多，原來是另一個人。

不是臥煙小姐。

不是個性友善的人。

伊豆湖小姐在何方？

影縫小姐？影縫余弦小姐？

影縫余弦小姐，記得是把斧乃木當成式神使喚的陰陽師……吧？總覺得這個人光看就超恐怖的。雖然不是想責備，不過我覺得和之前說的不一樣，回頭看向陪我一起爬山來到這裡的斧乃木，至於斧乃木看見「主人」突然登場，似乎也嚇了一跳。以她為作畫樣本一直仔細觀察至今，我終究看得出她面無表情底下的表情。

「姊姊……怎麼來這裡了？」

「臥煙學姊有急事。也就是要緊急上場代打。世間的人情債總是推不掉啊。之前也發生過這種事吧？」

對於斧乃木——自身式神提出的問題，影縫小姐回答之後，無聲無息輕盈從香油錢箱跳下來。

不對，不能說是跳下來。

是從香油錢箱跳到石燈籠。

沒助跑就跳了好幾公尺遠，是我受到的第一個震撼，石燈籠上面明明沒有地方可以保持平衡，她卻毫不搖晃穩穩降落，更讓我驚訝不已。

那裡不是著地點，是頂點喔。

這就是傳說中「不能走地面的詛咒」嗎……她看起來完全沒受限就是了。

「喂，妳這姑娘就是千石撫子吧。」

「…………」

她直接用「喂」叫我。才開口第二句。

她凶巴巴瞪著我。還是說她眼神本來就很凶惡？我對她做過什麼事嗎……我會在不知不覺的時候做出相當冒失的事情激怒別人，但是終究不會害得首次見面的對象不高興吧……

家裡蹲的我平常都是穿運動服待在房間，但因為今天要見人，而且是在儀式上見人，所以我自認穿得相當正式……

話先說在前面，可不是穿學校泳裝喔。

「余接好像受您照顧了。我一直想見您一面，好好打個招呼喔，呆子。上次光是要抓迪斯托比亞．威爾圖奧佐．殊殺尊主就沒有餘力，所以空不出時間。」

「這……這樣啊……」

她剛才是不是插入「呆子」兩個字？

「來，靠近一點。」

影縫小姐像是公主大人那樣向我招手。

「用不著嚇得半死。這樣我會受傷的。」

「…………」

說得也是。

只因為外表與氣氛就害怕的話也很失禮。我可能不是因為服裝，而是因為這種態度激怒她。更重要的是，我不想被她認為我嚇得半死。我已經不是以前的千石撫子了。不是昔日以瀏海隱藏視線，以「撫子」自稱的我了。

我鼓起勇氣，朝影縫小姐踏出腳步。

我被打了。

她從石燈籠上面，利用高低落差打我的頭。咦？

比起疼痛，我更覺得詫異……這個人無緣無故打人耶？

打女生的臉（接近臉的部位。頭頂？）？

像是當成打招呼賞了我一拳耶？這是打招呼？

不會吧？

我無法接受一見面就被打的事實，不禁再度轉頭看向斧乃木。

「別向我求救。妳是我的朋友，但姊姊是我的主人。我不能挺妳。自己克服難關吧。」

她面無表情回應。

真的假的？

以這座神社獲救第一人的紅孔雀語氣來說，抱歉請問這是真的假的？

那個可靠的斧乃木，居然在這個節骨眼成為敵人，這是少年漫畫進入高潮劇情的鋪陳！

我好期待！這不是在說謊！

總之，以斧乃木的立場，這個事態好像也出乎她的預料……我像是當場轉一圈般踩著腳步，再度面對影縫小姐。

蹲在石燈籠上的影縫小姐，再度握拳擺出架式——以另一隻手按住拳頭。

「抱歉抱歉，不小心就打下去了。因為手搆得到。」

「因為手搆得到？因為手搆得到就打我？」

「嗯。不知為何很火大。」

……「不知為何很火大」可以構成打人的理由嗎？這應該是青少年內心的黑暗面……您是大人吧？

「沒錯沒錯。忍野或貝木太寵孩子了。我一直覺得見到您的時候應該先打幾拳。因為千石撫子肯定想被人打幾拳吧。」

我不想被打。

請不要牽強附會找理由。「沒錯沒錯」是怎樣？

拜託饒了我吧，居然來了一個各方面和我不合的人。不提忍野先生，貝木先生給我的印象沒那麼寵孩子（聽說他以詐騙孩子維生，基於這層意義，我也是間接的受害者），但是如果和眼前這個人相比，任何人都很溫柔吧。

「早知道不來了」的想法占據我的內心，但是為了和我體內那個神撫子做個了斷，即使是形式上的儀式，也必須進行繼承程序。

話說那位當事人（當事神？）在哪裡？

「八九寺小妹的話，我已經讓她先開始了。她在神社後方沖瀑布。」

瀑布修行啊。

這座神社有瀑布嗎？

「好像是打趣製作出來的，不過難得有瀑布就有效活用了。八九寺小妹是繼承者，得讓她淨身才行。下一任的神明屬於受方，是被動式，所以八九寺小妹這樣就行了。然後，屬於攻方主動式的千石小妹該怎麼做呢……」

影縫小姐在燈籠上雙手抱胸。請不要現在才開始想。請不要以這種臨場想到的感覺，決定我接下來所進行正經儀式的內容……

「攻方」是怎樣？

「受」的相反詞不是「攻」吧？

神權的授受嗎……

之前穿著學校泳裝（神原姊姊誤會「清淨」的意思了）在這裡進行儀式時，實在稱不上成功……雖然狀況不同，但這次算是雪恥戰嗎？

「北白蛇神社……白蛇啊，所以才是八九寺嗎……哼，那就這麼做吧。」

影縫說完再度當場跳起來。還以為她又要回到香油錢箱上，但這次沒跳得那麼遠，是只有一步距離的小跳躍。

換句話說，影縫小姐降落在我的頭上。

毫無誤差，以一〇・〇〇的得分降落在我頭頂。甚至讓我覺得她剛才打我是在確認降落位置的強度。

可是……好輕？像是沒站在我頭上？

比戴帽子還沒有實感。

這是中國拳法的體術嗎？

「從現在到天亮之前，在這座山上收集八十九條白蛇，讓渡給新任的神明。這就是您交給迷路小妹的讓位之證。」

004

北白蛇神社的前身好像是浪白公園。究竟要念成「NAMISHIRO」公園？還是「ROUHAKU」公園？長年引發議論的這座公園，正式名稱兩者都不是，而是叫做「SHIROHEBI」公園——「沱白」公園。

水字旁的「沱」看起來像是海蛇，不過水生的蛇也不算少，據說自古以來的傳承就是這麼回事，所以我姑且可以接受。因為傳承也是一種傳話遊戲。

不過聽完這個說法，我覺得叫做「NAMISHIRO」公園也不錯。因為有一種蛇就叫做「NAMI」。

以日本固有種聞名的日本錦蛇，就歸類為這種「NAMI蛇」。

而且日本錦蛇的白化種，就是一般所說的白蛇。

北白蛇神社。白蛇神社。

但不愧是能成為信仰的對象，這種蛇當然沒那麼好找。要找出八十九條就更不用說了。

「抱歉和先前說的不一樣，而且也不能幫妳。必須由妳一個人找，否則好像不能叫做儀式。」

我走出神社境內，進入草叢找蛇的時候，斧乃木從頭上……更正，從樹上向我搭話。

在這種相對位置，她的內褲被我看光光了。

我沒有看女童內褲為樂的嗜好，但是聽她這樣道歉，我也不能抱怨什麼。說起來我也沒抱怨。

被打又被踩，我覺得頗為屈辱，不過這是今後出社會的時候，更是立志成為創作者的時候，我必須接受的事情。

會有人討厭我。

是的。

「姊姊雖然說火大，卻沒說討厭妳喔。她反倒喜歡有骨氣的孩子吧。」

「我哪有什麼骨氣……嘿！」

在和斧乃木對話的同時，我發現視線一角有「某種東西」在草叢蠕動，迅速伸出手。正如預料，我抓住這條蛇的脖子，但可惜不是白蛇。

是普通的蛇。

也不是錦蛇。

是俗名白斑蛇的異齒蛇。

雖然名字差一點，但不能算是白蛇。

異齒蛇露出利牙，擺動身軀與尾巴掙扎想逃離我的手，但是你別怕，我不會用雕刻刀切塊。

會把你放生。

放在附近很危險，所以我扔到遠一點的地方。請原諒我這麼粗暴，因為我不想被咬。

「……妳剛才是不是面不改色抓蛇？單手隨便就抓起來？」

「咦？嗯，因為手搆得到。」

「別和姊姊說出一模一樣的話語好嗎？連一個字都不差。」

我繼續往深山走，斧乃木配合我在樹上移動。不像影縫小姐用跳的，而是正常在樹枝上走動。

「也有蛇會在樹上喔。斧乃木小妹，發現的話告訴我。總之為了回復手感，別管顏色，只要看到就先抓再說。」

「妳是抓蛇名人嗎？」

因為我是鄉下孩子。

我可以理解害怕蛇的感覺，不過只要下定決心，大致就不會怕。畢竟只要小心尖牙就算不了什麼。

「這次不用殺掉，所以比起以前失敗的解咒程序輕鬆多了。」

「妳去奄美大島吧。聽說抓到一條眼鏡蛇可以領三千圓。」

真的嗎？

好吸引我。

不過，我立志當漫畫家又是專家見習生，要是又開始走上抓蛇名人之路，我的生涯規劃就真的莫名其妙了。

啊，抓到了。左手與右手各一條。

是親子嗎？

「危險。原來是蝮蛇。」

「別用『危險。』帶過。至少加個驚嘆號吧？別以句點結束好嗎？」

蝮蛇終究滿恐怖的。

我比剛才更小心扔到遠處。當然和我前進的方向相反。

「……蝮蛇不是可以除掉嗎？」

「別看我這樣，我也曾經是蛇的神明喔。」

或許因為這樣，我比以前更不會抗拒蛇。大約一年前，我同樣徘徊在這座山上抓蛇的時候，即使我是鄉下小孩，應該也比現在還害怕一點吧。

總之，我至今也沒骨氣就是了。

不過或許變得堅強了。

「妳想想，像是撈金魚，大家都面不改色在撈，不過如果說要把抓到的金魚解剖，從拿起紙網要撈的時間點就會猶豫吧？這是相同的道理。」

「是相同的道理嗎……」

「只不過，月火在小學時代去撈金魚的攤位，說到『大家來比賽撈得到幾條吧！』『撈最多條的有免費棉花糖吃！』的時候，她是先用撈網外框把金魚打得半死再開始撈。」

「不要像是順便一樣說明好友這種黑歷史好嗎？『打得半死』是怎樣？既然少女時代是這樣過的，我也能理解妳為什麼成為抓蛇國中生了。」

斧乃木說。

黑歷史嗎……

不過，我覺得小孩子都是這種個性吧……要是深入議論，就會說到撈金魚本身的是與非了。

生命的殘虐性。

像是敢釣魚卻不敢殺魚，或是敢摸魚卻不敢摸活魚餌，生命觀也不一致。

我明顯做得太過火，但是如果對這件事悔恨過度，也是一種做得太過火的行為吧。對此感到後悔，想藉以展示自己善良嬌弱的一面……我難免覺得這是為罪惡感找藉口，讓自己過得舒坦一點。

朽繩先生就是這方面的象徵。

「其實可以用Y字形的樹枝或是叉子之類的工具，把蛇頭壓在地面就好，不過我是空手抓的那一派。」

「天底下沒有這種派系。」

「用樹枝的話抓不到感覺。因為我很笨拙。」

「笨拙的話就沒辦法只憑感覺抓蛇吧？……妳要是把抓蛇名人的角色設定強調出來，在國中就不會被人戴上有色眼鏡排擠吧？」

因為是眼鏡蛇嗎？

不對，我沒被人戴上有色眼鏡排擠啊？

「如果沒親手抓，就沒有自己正在捕捉生命的實感了。」

「這是達人會說的話喔。不然就是危險人物會說的話。」

我應該算是後者吧。

因為一年前的我，在那之後把大量的蛇切塊……當時切塊的蛇，合計有到八十七條左右嗎？

不，即使是那個時候，最多也是二、三十條吧。

不知道白化體占多少比例。假設大致是一百條有一條，這次我合計必須捉九千八百條蛇嗎……而且實際上可能是大約一千條有一條。

還是一萬條有一條？

「這樣的話，要在天亮之前找到八十九條白蛇，應該是強人所難吧？運氣好只能找到幾條吧？」

「姊姊強人所難不是現在才開始的……順帶一提，姊姊直到最近待的北極，是少數沒有蛇棲息的區域之一喔。所以可能是在不熟悉蛇的狀況下出題。」

斧乃木說。

居然待在北極？

她過著什麼樣的人生啊？

不需要去那種地方吧？

「北極不是大陸，所以不是地面。基於這個道理，姊姊可以正常行走，所以對她來說好像是個舒適的場所。不過，既然傳說之吸血鬼的創造者登場，她終究不得不回國。」

「……不能走地面，也是一種神奇的詛咒耶。」

我一年前被施加的詛咒，是全身纏繞著巨大的蛇，不過就某種意義來說是很好懂的基本型。

因為也有蛇是像這樣絞殺獵物。

可是，不能走地面是……

「起因在於五人聯手讓我這個屍體甦醒。姊姊與手折哥哥負責下半身，所以下半身受到詛咒。就是這種感覺。」

「妳說的手折哥哥，我想想，記得是……」

「是人偶師。臥煙小姐四名直屬後輩之一。雖然目前的專家定位和忍野哥哥或貝木哥哥不太一樣，不過在大學時代，兩人的專家定位差不多。」

「是喔，因為負責下半身，所以下半身被詛咒啊……那麼，負責上半身的是誰？忍野先生與貝木先生嗎？」

「沒錯。正確來說不是負責上半身，而是軀幹吧。然後負責頭腦的是臥煙小姐。」

「臥煙小姐……」

有急事不能來的那個人吧。

如果是那個人，會對我出什麼樣的課題呢……但我覺得再怎麼樣，也不會是「一個晚上找到八十九條白蛇」這種應時的課題。

「沒錯，臥煙小姐。她無所不知——受到這樣的詛咒。」

咦？

「…………」

她隨口洩漏重要機密給我？

斧乃木，妳對我太坦誠了吧？

只因為會聽妳抱怨月火相關的事，妳就對我這種人敞開心胸到這種程度……

「如果想走專家之路，希望妳知道這件事。即使一無所知，至少也要知道這件事。當然，某些事別知道比較好。例如臥煙小姐正在對付的洗人。」

「洗人？」

「急事啊。應該說十萬火急之事。我剛才聽姊姊說的。這也是詛咒的結果。連這種事都必須知道的臥煙小姐，人生不像我們印象中那麼悠哉又全能。總歸來說，這是懲罰。在這個世界上，某些禁忌是不能觸犯的。」

「……可是斧乃木小妹，如果臥煙小姐他們沒打破這個禁忌，妳現在就不會在這裡吧？」

「應該吧。對喔，光是妳和我可以成為朋友，臥煙小姐他們就算被詛咒也值得了。」

不對不對不對不對不對。

很高興聽妳這麼說，不過代價太大了吧？

喔，又有蛇。這次沒抓到。

哎，反正怎麼看都不是白色的，所以算了。不抓也不放。

「忍野先生與貝木先生呢？負責軀幹的他們兩位受到哪種詛咒？」

「以他們兩人的狀況，不像另外三人那麼容易理解。雖然也可以告訴妳，不過洩漏給妳知道也很無聊吧？自己思考看看吧。」

哎呀哎呀。

突然三緘其口了。

斧乃木一心想培育我。雖然危險，但我結交到一個好朋友。

總之，應該和他們兩人平常像是個人主義的行動有關吧……像是不能長期逗留在同一個場所，或是不能說再見，或是必須一直騙人，或是成為守財奴？

雖然不知道和製作軀幹有什麼關係，不過大致是這麼回事吧……明天狀況穩定之後，我再稍微用心思考看看吧。

……明天？

「斧乃木小妹，那我換個問題……剛才因為那位『姊姊』很恐怖，所以我一下子就接受了，但如果這個讓位儀式沒達成會怎樣？換句話說，如果我就這麼沒能活捉八十九條白蛇會怎樣？」

我原本應該首先確認這件事。

當時我希望影縫小姐盡快從我頭頂下來，所以二話不說答應條件開始找……但是如果找不到，可以明天再找嗎？

不知為何，雖然給我的印象是臨時想到就決定的事，但依然是按照專家智識訂下的步驟，所以既然像這樣著手進行，要是沒能達成或是半途而廢，我覺得不太好……

這不是解咒用的儀式，所以即使不會發生詛咒反噬這種結果，以我這個過來人的立場，也不得不說我抱持這份擔憂的速度慢了一點。

「不知道。這也不是我的專業領域，所以不能斷言……不過這樣就代表將神權讓渡給下一位神的讓位儀式失敗，照道理來說……」

斧乃木稍微思考之後，提出以下的假設。

「……妳應該會重返神明寶座吧？」

005

寫在這裡供各位參考，白蛇由國家定為自然紀念物保護，所以無論是儀式還是什麼原因，要是擅自抓走（空手抓？）多達八十九條白蛇，就一定會受到適切的處罰。和驅除眼鏡蛇不一樣。

不過，看來應該不用擔心這件事。後來經過好幾個小時，我的抓蛇國中生手感完全回復，但是我要找的自然紀念物連影子都看不見。

我可以主張自己的清白。白蛇的白。

只是就算這麼說，也不能放一百個心。這樣下去別說讓位，我還可能非自願重返神明寶座。

不，現實來說，我認為這種事基本上不會發生，不過既然和神明有關，這件事就確實大幅脫離現實範疇。

神撫子再臨？

這樣不太妙吧？

不只是因為我不願意，再也不想做這種事，這麼做對城鎮也不太好。無論斧乃木怎麼說，我唯一明白的是自己不適合當神明。光是聽她的描述，我也覺得八九寺比我適任得多。

至少我不想從她那裡搶回神格。

我以為這次的定位是附錄短篇而掉以輕心，但現在危機意識驟然提升了……沒想到我身為抓蛇國中生的本事，將會攸關這座城鎮的未來。

居然在離開神明寶座之後才做神明會做的事，天啊，世事真是難預料。

那麼……無論如何，看來換個做法比較好。感覺「打草驚蛇」的作戰陷入瓶頸了，效率差到不行。

應該要尋找蛇窩或是蛇的繁殖區，來個一網打盡比較好。不過這也和碰運氣沒什麼兩樣就是了……

我並不是從教科書學習抓蛇的方法（我從書上學的只有靈異方面和蛇相關的知

識），所以只能隨便猜，不過蛇應該會以水邊當據點吧？

一直走兩個小時走到累了，在河流旁邊停下來休息一下吧……如此心想的我朝著水聲傳來的方向前進。

不過，我抵達的不是小溪，是瀑布。

「哎呀，這不是斧乃木姊姊嗎？也就是說，您是千石姊姊嗎？我們應該是第一次直接見面吧？」

在那裡沖瀑布的，是年約十歲的女生。

不對，沒沖瀑布。雖然身穿白衣而且溼答答的，然而不知道是在休息，還是沖沒多久就放棄，她坐在岸邊，只有雙腳泡在水裡踢水。

也就是說……這個女生是八九寺真宵嗎？

看來在山中到處亂晃尋找白蛇的我，就這麼如同繞了神社一大圈，再度回到山頂了。

聽起來像是搞笑，但我差一點就遇難了。即使自以為筆直前進，卻在該處沿著螺旋軌道打轉……

「說到渦狀螺旋，一般都會聯想到蝸牛殼，不過仔細想想，蛇也是吧？不必拿銜尾蛇當例子，蛇也是盤起身體，在原地迴轉的螺旋軌道。」

斧乃木話中有話這麼說，並且終於從樹上下來了。降落在我的頭頂。

有其陰陽師必有其式神嗎？

「嘿！」

就這麼切換為坐肩膀的姿勢。

請不要這麼黏我好嗎？這句話差點脫口而出，但我忍住這個反射動作。

因為我很高興她黏我……唔唔，人類的心理真奇妙。

我曾經黏過別人，不過在我的人生中，至今沒人黏過我。

「……妳好。我是千石撫子。」

肩膀坐著一個人，以重心平衡來說不方便低頭（斧乃木沒消除體重），但我總之先向八九寺打招呼。

由於經常聽到她的名字，所以確實覺得認識她很久了，但這是第一次見面。

話說，可以見到她嗎？

我連一條白蛇都還沒準備啊？

「沒關係吧？儀式應該只是做個樣子。我也如您所見，已經厭煩很久了。」

居然說厭煩很久。

看來她沖沒多久就放棄了。

她的個性和我之前聽到的一樣隨興……這麼一來，認真找蛇的我好像笨蛋。

不過，也有某些部分和我之前聽到的不一樣。八九寺真宵最好認的特徵，聽說是令人聯想到蝸牛觸角的雙馬尾啊？

但她現在任憑頭髮垂下。

溼透的頭髮醞釀出少女不該有的嬌媚氣息……是在瀑布修行的時候解開的？

「不，關於這部分是這樣的，書讀不多的我直到現在的現在才知道，蝸牛的觸角正確來說有四根。不是兩根，是四根。那我的雙馬尾不就沒意義了嗎？我正在對抗角色定位崩壞的危機。」

大觸角與小觸角是吧。

就算這麼說，也不能把雙馬尾改成四馬尾，老實說，站在第三方的角度會覺得無所謂，不過關於角色定位的煩惱，大概都是這麼回事吧。

畢竟我也曾經相當煩惱髮型的問題，對吧？

可是，大家只覺得我的瀏海很陰沉。

「我要不要也乾脆學千石姊姊，把頭髮剪得超短呢？這樣看起來很輕鬆，應該很好吧？即使像這樣溼透，也很快就會乾。」

「我不太建議這麼做……」

我都已經把爛攤子扔給八九寺了，可不能連髮型都影響到她。

不過確實很輕鬆。

我走向八九寺，坐在她的身旁。斧乃木依然坐在我的肩膀。

「不過，千石姊姊並不是為了反省才剃光頭吧？」

「嗯……不是反省。」

而且也不是剃光頭。

「真要說的話，是決意吧。」

雖然有點不好意思，但我這麼說。

「要說反省確實有在反省。不是在這裡當神明時的事……是之前的事。」

「我覺得這樣很好，不過老實說，我認為那件事是阿良良木哥哥的錯。」

哎呀。

那件事已經傳開了嗎？

不過，出現新的意見了。

八九寺站在我這邊，完全出乎我的意料……像是坐在我肩膀上的斧乃木，對於「乖撫子」就抱持嚴厲意見。

「我是阿良良木哥哥的朋友，所以對阿良良木哥哥很嚴厲喔。」

真是一位好朋友。

以我來說，就像是月火的立場吧。

「故做遲鈍，不去面對妳的好意，我認為這是紳士不該有的行為。沒回應妳這份心意的阿良良木哥哥責任重大。不覺得他那樣很奸詐嗎？相較於這種不誠懇的態度，確實甩掉班上男生的千石妹妹很了不起喔。」

八九寺說。

是這樣的嗎？

總之，說到我的心意，最近終於開始昇華了，可是……不好處理的這種心意完全沒傳達給那個人，還是會覺得空虛。

我的滑稽追求，居然完全沒刺中他的心。

「刺中嗎？也就是戀矢吧。」

「戀矢？邱比特的愛情之箭？」

不是。

和大觸角或小觸角一樣，是蝸牛的器官。

雖然名稱取得很浪漫，不過要是被這東西刺中，據說被刺的對象會減壽，是相當恐怖的器官。

「因為我在小學五年級的時候，還沒經歷初戀就死掉了，所以沒辦法提供什麼適當的建議，不過請容我刻意以旁觀者清的角度發言，當時是重逢的時間點不對。兩位是相隔好幾年在這座山上重逢吧？」

時間點嗎？

當時是在我到處找蛇殺，努力要解除身上詛咒的那個時期重逢，現在回想起來，確實可以說是最差的時間點。

但是如果我沒那麼做，就完全沒有重逢的機會，這也是事實。

「可是，即使我比羽川姊姊、戰場原姊姊，也比小忍更早重逢，我覺得結果還是不會改變。退一百步來說，即使我的心願得以實現……」

「是啊，百分百會被那個易怒姊搶走吧。」

居然說她是易怒姊……

斧乃木對那對情侶也挺嚴厲的。不過聽說她現在圓融多了……

雖然這麼說不太對，不過可以說正因為沒演變成這種狀況，我才得以撿回一條命。

仔細想想，戰場原姊姊認識曆哥哥的時間點，比小忍或羽川姊姊晚。

如果說這種積極性正是戀愛——正是愛情之箭，那麼難免會有人說我和八九寺一樣，連初戀的滋味都不知道。

不過，正在墜入情網的時候，應該不知道什麼是戀愛吧。

話說……

我正在和八九寺聊戀愛的話題？

總覺得我沒聊過這種話題。

畢竟和斧乃木或月火聊天時，都沒有在聊戀愛話題的感覺（比較像是在聊煩惱）……八九寺或許也意外適合成為戀愛之神？

「說得也是。我生前沒能體驗的初戀，希望還活著的各位務必都能體驗。無論如何務必要體驗。」

「八九寺小妹，妳……」

這種問題問了也沒用，所以即使今天會見面，我本來也沒要問這個問題，但是我在這時候開口問了。

我就是這種人。

「妳不後悔成為神明嗎？」

算是我丟給她的爛攤子。

或許不能單純這麼說。

雖然不知道詳情，但我聽說八九寺當時沒有選擇的餘地。

成為神明、下地獄，以及被「闇」吞噬的三選一……這樣的話，實質上只有一個選擇吧？

數百年前，小忍被拱為神明的時候，聽說也絕對不是自願的。

小忍當時的心態，真要說的話比較接近我的立場，像是「只坐在這個位子」的感覺……不過八九寺好像不想只當個掛名的神明。

畢竟她和當時變得奇怪的我不一樣，至今依然保持自我……所以我想問。

忍不住問了。

「我沒後悔。即使有別的選擇，我想我應該也會走這條路喔。」

「……是嗎？」

「畢竟也是贖罪。我在地獄堆石頭的時候，當然也會思考各種事喔。被我害得迷路的人們，如果問他們是否完全沒受到實際的損害，答案應該是否定的。而且助人是一件樂事啊？」

昔日讓人迷路的我，現在能為人指路，我很快樂。

八九寺這麼說。

「即使有誰說要代替，我也不會讓位了。這是我的工作。」

原來罪惡感不只會成為不做某件事的理由，也會成為去做某件事的理由。

沒察覺這一點的我，浪費了不少時間……不過我的繼承者真了不起。

「……也就是說，妳成為神未必只是為了鬼哥哥吧。不過真宵姊姊也差不多該從鬼哥哥畢業了，不然會變成永遠的留級生忍野忍那樣喔。」

「永遠的留級生」是怎樣？

小忍稍微算是例外吧？

呼……不過聽她這麼說完，其實我稍微衰退的動力也復活了。

無論如何都要讓給她。

讓給這個孩子。

讓出神權給她，並且讓路給她。

雖然路況差到實在不算是柏油路面，但是這名迷路少女肯定能穩健走下去。

即使只是做個樣子，也要好好讓位給她。

身為原本供奉在這座神社的神明，這將是我以主動形式——以攻方形式所執行的最初暨最後一項任務吧。

我在下定決心的同時起身，說出我的決心。

「好，我要將八十九條白蛇獻給八九寺小妹了！」

「咦，請等一下。這是怎樣？我沒聽說啊……請不要獻出這種恐怖的東西。與其收下這種東西，我寧願不當神明下地獄喔。」

「可是撫公爵，實際上要怎麼解決問題？時限一分一秒接近中啊？」

坐在我肩膀上的斧乃木這麼問。看來因為八九寺現在講這種話會偏離企劃的主旨，所以她假裝沒聽到這段發言。

即使嘴裡說不能站在我這邊，斧乃木還是會注意我的動向。她還把我的階級提升為公爵了。

「放心。對於這個強人所難的課題，我挑戰的態度有點老實過頭了。應該多加點巧思，應該學八九寺小妹這樣，以自己的做法去做。該反省的地方要反省，但是沒人要求我嚴肅面對。我不應該忘記自我。不能完全照別人說的去做，需要一點任性。」

「嗯。也就是說？」

「也就是說——抱歉，我口誤。」

哎呀。

我真的口誤了。

正確來說，我身為立志成為漫畫家的國三學生，決定要這麼做——抱歉，我加畫。

006

「所以余弦，神權讓渡儀式的過程……應該說這次的結尾怎麼樣？」

「當然很順利喔，臥煙學姊。雖然結果和我預期的差很多，但是平安無事結束了。或許應該說歷經大事結束了。」

「嗯。我想也是。具體來說呢？」

「我出的課題是要千石小妹拿八十九條白蛇獻給八九寺小妹。總之，數量是隨便定的，標準是盡量設多一點。」

「原來如此，這是我想不到的手法。余弦，很像妳的作風。不過活捉將近一百條白蛇，難度不會有點太高嗎？一個不小心的話，神權可能會回歸到千石小妹手上吧？」

「我覺得這樣也無妨。不過，雖然是強人所難，卻不是做不到的難題喔。我想讓那孩子為之前無益殺蛇的行為贖罪。」

「食材？啊啊，贖罪啊。是喔……雖然對咩咩或泥舟說了那麼多，但妳這傢伙也很寵孩子耶。這是令人意外的一面。」（註7）

「不過余接是最寵的，因為她很像臥煙學姊您。」

「那個臭人偶……換句話說，妳說的贖罪……是要千石小妹促進白蛇的繁殖嗎？這就是妳想到的模範解答？」

「臥煙學姊真敏銳。我果然比不上您。真的是甘拜下風。」

「既然這樣，妳不要從剛才就反覆挑戰降落在我的頭上好嗎？一直躲也不輕鬆的。」

「雖說要八十九條白蛇，但是只要抓到兩條，就能期待接下來繁衍後代……應

註7　日文「食材」與「贖罪」同音。

該說，總有一天可以把她殺掉的生命培育回來。殺害一條生命，等於殺害後續的九十九條生命；拯救一條生命，等於拯救後續的九十九條生命。這是輪迴轉生的基本觀念。」

「但我覺得光是要抓兩條就很難了。而且還必須分成一公一母。輪迴轉生的基本觀念嗎……妳討厭不死怪異，就是因為這種基本法則被打亂吧？」

「我的事情不重要吧？問題在於千石小妹豪邁無視於我用心準備的這個模範解答。」

「豪邁無視。哎，因為抓蛇的時候本來就不依賴視力啊。而且千石小妹看起來膽子不是很大……不過既然這樣，她究竟是用什麼密技完成妳的儀式？」

「您想想，那座神社的御神體是符咒對吧？」

「嗯？沒錯，也就是平面的蛇。所以呢？」

「她應用了這一點。畫出八十九條白蛇的圖，交付給繼承者。」

「畫圖？畫在圖上的……」

「不是畫餅，是畫蛇。不過新年的鏡餅，也有人說源自白蛇蜷曲的模樣。」

「……所以妳接受了？不，既然妳接受了，委託妳代理的我就沒有權利挑剔什麼，不過這再怎麼說也……」

「這是沒辦法的。之前聽余接說她立志成為漫畫家，不過她的畫功震懾到我了。

不，與其說是震懾……是的，我不禁以為那是真物。」

「真物……」

「彷彿隨時會動起來的活生生白蛇。那已經不是畫功，是屬於魔力的範疇。聽說她在余接的指導之下製作過四具式神，看來確有其事。」

「……就某方面來說不必繁殖，直接讓八十九條活蛇誕生在世間嗎？用繪畫的方式增加——加畫了。真是駭人。」

「可惜當事人好像不清楚自己在專家面前做出多麼驚人的事情。那孩子走下神壇讓位給八九寺小妹，我覺得以另一種意義來說是正確的做法。過猶不及——絕對別讓千石撫子擁有神權比較好。」

「嗯。所以八九寺小妹這邊，接下來暫時不必擔心……這麼一來，就要處理千石小妹這邊了。連神明都當成中途點，看來我對她的評價最好再提升一階。她是有前途的新人，我很想多花時間仔細栽培……不過對她來說，現在或許正是脫皮蛻變的時機。既然過去的事情已經清算，接下來就給她一份工作看看吧。」

「跳過修行，直接給工作嗎？哎，畢竟我也是以這種感覺出課題給她。無論會脫皮還是脫隊，我都覺得愈快愈好。」

「妳現在還有閒情逸致說得置身事外？這也是一種緣分，所以我打算讓妳也參與這份工作喔。當然也包括余接。」

「嗯？我是不介意啦，不過既然我與余接要出馬，那麼這次的對手就真的是不死之身的怪物……」

「沒錯。老實說，是這次急事的後續……基於承諾不能拜託曆曆，所以有點缺人手。」

「阿良良木小弟留下來的坑，由千石小妹幫忙填嗎？輪迴運作得真好啊。」

「是啊。如同漩渦轉動，如同螺旋蜷曲。基於這層意義來說也剛剛好。包含對手在內，都是理想中的布局。」

千石撫子的第一個事件，是要對付不死之身的怪物，五頭大蛇洗人迂路子。

無所不知的專家總管臥煙伊豆湖小姐，在我不知道的地方做出這個決定。

蛇之路是Heavy Rotation！

後記

人生免不了失敗，但補救失敗的機會意外地鮮少來臨。失敗一次之後就無從補救，即使大同小異，幾乎可說是一模一樣的狀況到來，也依然是不同的事件，過去的事情無法重來。「以前的失敗造就現在的自己」這句話不負責任但確實是事實，所以如果可以重來，或許會產生某種時光悖論。要是因為重來而變得無法重來就本末倒置了。不過，雖說無法補救，卻也不是不能回復，不免覺得這種回復不能當成不存在。人類的大腦總是以合理性為優先，不是克服過去的失敗，反倒是認為「當時不順利的事情如果現在順利就不合道理」試著尊重一貫性，說穿了就是比起成功更傾向於尋求整合，可能會在反覆犯下同樣的失敗時，在內心某處接受這個結果。以漫畫來說，就像是覺得主角在第一集與第五十集說出不一樣的臺詞很奇怪，反過來說，如果劇情前後說出相同的臺詞，會覺得伏筆收得漂亮而開心，不過仔細想想，無論合理還是矛盾，直接跳過理論邏輯，讓現在和過去完全斷絕也不錯。這樣才真的可以朝著未來大幅躍進吧？即使未來沒有和現在連結，也沒什麼太大的問題——反正有問題就有問題，一樣會成為未來吧。

阿良良木曆在高中時代不斷失敗又失敗，這是如今不必強調的事，不過在命名為「第怪季」的上集與本集，某些段落是他在嘗試「高中時代沒做到的事」，感覺搞不懂究竟是消極還是積極，不過就某種意義來說，他或許也正在回復。反倒是千石撫子意外地已經回復完畢，預料即將要面對下一個挑戰……？就這樣，本書是《物語》系列第二十四彈的《宵物語　第二話　真宵・蝸牛　第三話　真宵・蛇》。居然到第二十四彈了……？真的……？

這次是八九寺真宵第二次上封面。VOFAN老師，謝謝您。在下一集《余物語》，斧乃木余接的祕密終於揭曉……雖然還不確定會這麼寫，不過務必請各位多多指教。

西尾維新

作者介紹

西尾維新 (NISIO ISIN)

1981 年出生，以第 23 屆梅菲斯特獎得獎作品《斬首循環》開始的《戲言》系列於 2005 年完結，近期作品有《結物語》、《人類最強的悸動》、《掟上今日子的內封面》等等。

Illustration

VOFAN

1980 年出生，代表作品為詩畫集《Colorful Dreams》系列，在臺灣版《電玩通》擔任封面繪製。2005 年冬季由《FAUST Vol.6》在日本出道，2006 年起為本作品《物語》系列繪製封面與插圖。

譯者

哈泥蛙

專職譯者。譯作有《物語》系列、《十二大戰對十二大戰》等等。

書盒子

宵物語

（原名：宵物語）

作者／西尾維新　插畫／VOFAN　譯者／張鈞堯
執行長／陳君平　榮譽發行人／黃鎮隆
協理／洪琇菁　國際版權／高子甯、賴瑜妗
執行編輯／石書豪　美術主編／陳又荻
出版／城邦文化事業股份有限公司 尖端出版
臺北市南港區昆陽街十六號八樓
電話：（〇二）二五〇〇七六〇〇　傳真：（〇二）二五〇〇二六八三
E-mail：7novels@mail2.spp.com.tw
發行／英屬蓋曼群島商家庭傳媒股份有限公司城邦分公司　尖端出版
臺北市南港區昆陽街十六號八樓
電話：（〇二）二五〇〇—七六〇〇（代表號）
傳真：（〇二）二五〇〇—一九七九
中部以北經銷／楨彥有限公司（含宜花東）
電話：（〇二）八九一九—三三六九
傳真：（〇二）八九一四—五五二四
雲嘉經銷／智豐圖書股份有限公司　嘉義公司
電話：（〇五）二三三—三八五二
傳真：（〇五）二三三—三八六三
南部經銷／智豐圖書股份有限公司　高雄公司
電話：（〇七）三七三—〇〇七九
傳真：（〇七）三七三—〇〇八七
一代匯集／香港九龍旺角塘尾道六十四號龍駒企業大廈十樓B&D室
電話：（八五二）二七八三—八一〇二
傳真：（八五二）二七八二—一五二九
馬新經銷／城邦（馬新）出版集團　Cite(M)Sdn.Bhd.
E-mail：Cite@cite.com.my
法律顧問／王子文律師　元禾法律事務所
台北市羅斯福路三段三十七號十五樓
二〇二一年四月一版一刷
二〇二四年六月一版三刷

■中文版■

郵購注意事項：
1. 填妥劃撥單資料：帳號：50003021戶名：英屬蓋曼群島商家庭傳媒(股)公司城邦分公司。2. 通信欄內註明訂購書名與冊數。3. 劃撥金額低於500元，請加附掛號郵資50元。如劃撥日起 10～14日，仍未收到書時，請洽劃撥組。劃撥專線TEL：(03) 312-4212 ・ FAX：(03) 322-4621。E-mail：marketing@spp.com.tw

國家圖書館出版品預行編目資料

宵物語 / 西尾維新 著 ; 哈泥蛙譯 . --初版.
--臺北市：尖端出版, 2021.04
面 ; 公分. --(書盒子)
譯自: 宵物語
ISBN 978-957-10-9375-8(平裝)

861.57　　110000066